副刊文丛

主编 李辉 王刘纯

半日闲谭

董宏君 编

中原出版传媒集团
中原传媒股份有限公司
大象出版社
·郑州·

图书在版编目（CIP）数据

半日闲谭 / 董宏君编.— 郑州：大象出版社，2018.7
（副刊文丛 / 李辉，王刘纯主编）
ISBN 978-7-5347-9658-6

Ⅰ.①半… Ⅱ.①董… Ⅲ.①散文集—中国—当代 Ⅳ.①I267

中国版本图书馆 CIP 数据核字（2017）第 330987 号

半日闲谭
BANRI XIANTAN

董宏君　编

出 版 人	王刘纯
项目统筹	李光洁　成　艳
责任编辑	陈　灼
责任校对	裴红燕
封面设计	段　旭
内文设计	杜晓燕

出版发行	大象出版社（郑州市开元路 16 号　邮政编码 450044） 发行科　0371-63863551　总编室　0371-65597936
网　　址	www.daxiang.cn
印　　刷	北京汇林印务有限公司
经　　销	各地新华书店经销
开　　本	787mm×1092mm　1/32
印　　张	8.5
版　　次	2018 年 7 月第 1 版　2018 年 7 月第 1 次印刷
定　　价	36.00 元

若发现印、装质量问题，影响阅读，请与承印厂联系调换。
印厂地址　北京市大兴区黄村镇南六环磁各庄立交桥南 200 米（中轴路东侧）
邮政编码　102600　　　　　　　电话　010-61264834

"副刊文丛"总序

李 辉

设想编一套"副刊文丛"的念头由来已久。

中文报纸副刊历史可谓悠久,迄今已有百年。副刊为中文报纸的一大特色。自近代中国报纸诞生之后,几乎所有报纸都有不同类型、不同风格的副刊。在出版业尚不发达之际,精彩纷呈的副刊版面,几乎成为作者与读者之间最为便利的交流平台。百年间,副刊上发表过多少重要作品,培养过多少作家,若要认真统计,颇为不易。

"五四新文学"兴起,报纸副刊一时间成为重要作家与重要作品率先亮相的舞台,从鲁迅的小说《阿Q正传》、郭沫若的诗歌《女神》,到巴金的小说《家》等均是在北京、上海的报纸副刊上发表,从而产生广泛影响的。随着各类出版社雨后春笋般出现,杂志、书籍与报纸副刊渐次形成三足鼎立的局面,但是,不同区域或大小城市,都有不同类型的报纸副刊,因而形成不同层面的读者群,在与读者建立直接和广泛的联系方面,多年来报纸副刊一直占据优势。近些年,随着电视、网络等新兴媒体的崛起,报纸副刊的优势以及影响力开始减弱,长期以来副刊作为阵地培养作家的方式,也随之隐退,风光不再。

尽管如此,就报纸而言,副刊依旧具有稳定性,所刊文章更注重深度而非时效性。在新闻爆炸性滚动播出的当下,报纸的所谓新闻效应早已滞后,无法与昔日同日而语。在我看来，唯有副刊之类的版面，侧重于独家深度文章，侧重于作者不同角度的发现，才能与其他媒体相抗衡。或者说，只有副刊版面发表的不太注重新闻时效的文章，才足以让读者静下心，选择合适时间品茗细读，与之达到心领神会的交融。这或许才是一份报纸在新闻之外能够带给读者的最佳阅读体验。

1982年自复旦大学毕业，我进入报社，先是编辑《北京晚报》副刊《五色土》，后是编辑《人民日报》副刊《大地》，长达三十四年的光阴，几乎都是在编辑副刊。除了编辑副刊，我还在《中国青年报》《新民晚报》《南方周末》等的副刊上，开设了多年个人专栏。副刊与我，可谓不离不弃。编辑副刊三十余年，有幸与不少前辈文人交往，而他们中间的不少人，都曾编辑过副刊，如夏衍、沈从文、萧乾、刘北汜、吴祖光、郁风、柯灵、黄裳、袁鹰、姜德明等。在不同时期的这些前辈编辑那里，我感受着百年之间中国报纸副刊的斑斓景象与编辑情怀。

行将退休，编辑一套"副刊文丛"的想法愈加强烈。尽管面临新媒体的挑战，不少报纸副刊如今仍以其稳定性、原创性、丰富性等特点，坚守着文化品位和文化传承。一大批副刊编辑，不急不躁，沉着坚韧，以各自的才华和眼光，既编辑好不同精品专栏，又笔耕不辍，佳作迭出。鉴于此，我觉得有必要将中国各地报纸副刊的作品，以不同编辑方式予以整合，集中呈现，使纸媒副刊作品，在与新媒体的博弈中，以出版物的形式，留存历史，留存文化，便于日后人们借这套丛书领略中文报纸副刊（包括海外）曾经拥有过的丰富景象。

"副刊文丛"设想以两种类型出版，每年大约出版二十种。

第一类：精品栏目荟萃。约请各地中文报纸副刊，挑选精品专栏若干编选，涵盖文化、人物、历史、美术、收藏等领域。

第二类：个人作品精选。副刊编辑、在副刊开设个人专栏的作者，人才济济，各有专长，可从中挑选若干，编辑个人作品集。

初步计划先从20世纪80年代开始编选，然后，再往前延伸，直到"五四新文学"时期。如能坚持多年，相信能大致呈现中国报纸副刊的重要成果。

将这一想法与大象出版社社长王刘纯兄沟通，得到王兄的大力支持。如此大规模的一套"副刊文丛"，只有得到大象出版社各位同人的鼎力相助，构想才有一个落地的坚实平台。与大象出版社合作二十年，友情笃深，感谢历届社长和编辑们对我的支持，一直感觉自己仿佛早已是他们中间的一员。

在开始编选"副刊文丛"过程中，得到不少前辈与友人的支持。感谢王刘纯兄应允与我一起担任丛书主编，感谢袁鹰、姜德明两位副刊前辈同意出任"副刊文丛"的顾问，感谢姜德明先生为我编选的《副刊面面观》一书写序……

特别感谢所有来自海内外参与这套丛书的作者与朋友，没有你们的大力支持，构想不可能落地。

期待"副刊文丛"能够得到副刊编辑和读者的认可。期待更多朋友参与其中。期待"副刊文丛"能够坚持下去，真正成为一套文化积累的丛书，延续中文报纸副刊的历史脉络。

我们一起共同努力吧！

2016年7月10日，写于北京酷热中

目 录

董小酷文章精选

没什么，只是新茶等故人   3

幽默中的节制与优雅   9

菇娘与时尚的方式   16

窗子的文艺范儿   22

月亮门里，月亮门外   29

腊八粥与八宝茶   36

茶心如雪   42

吴画成文章精选

高到半空里，低在人生里   51

蝶中尚有往日曲   56

赞歌是怎样炼成的   62

秦关汉月参生死   67

"腔调"的自救   73

百鸟真是为朝凤吗？   79

上古神话里的等候   84

信里风物远   90

能饮一杯无   95

"营造"在李庄   100

舒翼文章精选

每个人都是一个传奇	109
好一朵美丽的茉莉花	113
北方的胡同,南方的小巷	120
在这里,珍藏记忆	126
幸福的滋味	132
赴一场与荷花的约会	137
师 说	143
玉 语	149
一个人,一座城	155
时间走过,记忆留下	161

贾飞黄文章精选

南腔北调各种"侉" 169

美猴王,姓章又姓万 175

星光中的名字 183

翠花,上烤串 189

那些年,你所不知的"科幻迷" 195

自古名胜出文章 201

日光最长的一天 207

总有"凉友"送清风 212

品一瓜清凉 217

闻着不香吃着香 222

等雪来 228

文紫啸文章精选

青春的糖果　　　　　　　　237

弈局的味道　　　　　　　　242

冬日里的糖葫芦　　　　　　248

董小酷文章精选

没什么，只是新茶等故人

一杯英式茶，是先往茶杯里倒牛奶还是先倒茶？传统的习惯是先倒牛奶，后倒入茶。这个问题似乎称不上问题，但一有了传统，便有了所谓标准答案。这个传统来源于几百年前英国人对瓷器的珍爱。因为担心滚烫的茶水会把轻薄珍贵的瓷器烫裂，先倒入牛奶再倒茶，这样就降低了茶的温度，保护了瓷器。

一杯茶于英国人而言，可谓兹事体大，承接高贵传统，事关端庄礼仪，关乎阶层文化。

英国本土不产茶，茶的故乡在中国。中国茶进入英国，是17世纪中叶的事。1658年9月30日，英国《莫丘里斯报》刊出一家咖啡店为进口的中国茶叶所做的广告，这是全世界第一份有关茶的报纸广告。茶船经过漫长的海上航行到达英国的港口，当然就不再是寻常之物了，层层税赋之后，茶成了只有上流社会才消费得起的奢侈品。爱茶的葡萄牙公主凯瑟琳嫁给英王查理二世之后，带动了英国王室贵族掀起品饮中国茶的风潮，日后又逐步形成了英国独特的下午茶文化。这种自上而下的传播方式，令英国的饮茶文化一出现，就贴上了高贵华美的标签：茶室要精心布置，环境要优美宜人，一应器具也需精致优雅，与之相伴的还有一套相关的礼仪。饮茶，不仅是口感的享受、精神的愉悦，更成为上流社会时髦的社交风尚，并一直绵延流传至今。

而远在茶的输出国，茶的身价则要平民得多。柴米油盐酱醋茶，茶乃生活之一味。一杯在手，万事俱足。茶，更多的是代表了一种闲适自足的生活方式。"为名忙，为利忙，忙里偷闲，且喝一杯茶去""得半日之闲，可抵十年的尘梦"。以茶入心,以茶论道,茶文化的精髓已深深地融入中国人的生活。近代的林语堂极为推崇饮茶。崇尚西方文明的他,对茶却是绝对的东方立场。他认为只有中国人的饮茶才是最正宗地道。他甚至讽喻加了牛奶和糖的英国茶是"三河县老妈子的笑话"以致"简直没有喝铁观音的资格"。

林语堂在《中国人的饮食》中说:"饮茶为整个国民的日常生活增色不少。它在这里的作用超过了任何一项同类型的人类发明""只要有一只茶壶,中国人到哪儿都是快乐的"。

味蕾的诚实,抵过一切文化与潮流的激荡和洗礼。一杯茶,映照出性情,流露出趣味,甚至蕴含了充满哲思的人生意味。

我曾经拜访过福建安溪的一位评茶师。几撮铁观音,几只盖碗杯,几把小汤匙,茶与人,人与茶,在滚沸的水汽与弥漫的香气间,心神交汇。观色、闻香、余韵、回甘、香、甜、苦、涩的味道融合得怎样,其"性格""实力"如何,每次冲泡品饮过后,评茶师都要将每种茶的个性特点进行比较并表述出来，让人印象深刻。那种探寻体会极致茶境的功力，让人想起这里名震茶史的蔡襄。这位宋代著名的茶学专家和书法大家，是福建莆田人，他善制茶，亦精于品茶、鉴茶，他的一部《茶录》，令中国人的品茶上升到了美学的高度。

英国也有茶痴。嫁给英王查理二世的凯瑟琳公主，不但把茶叶和茶具当嫁妆，而且在婚后大力推行以茶代酒，不但引领了饮茶风潮，而且激发了制茶工艺的创新。中国是产茶大国，喝茶者大多喜欢清饮，注重季节、产地、等级的分别，并格外讲究烹茶之水，很少用几种茶混合搭配。而英国茶更讲究配制，英国不产茶，长途运输也不利于茶的储存，所以英国茶主要以便于储存的红茶为主。英国成为世界公认的红茶大国，可以说其"调配"技术功不可没，甚至可以说，英国茶就是一种"调配"的游戏。在英国，专业的调茶师每天要品尝上百种茶，不但和中国的评茶师一样，要细细记下每一种茶微妙的口感，更重要的是还要从中寻找茶叶搭配的秘密。以最常见的伯爵茶为例，其中必不可少的原料是佛手柑。伯爵茶往往以云南滇红为基茶,搭配印度大吉岭红茶作为补充,再加入佛手柑、金盏花、红花。典型的伯爵茶悠远的香味里常混杂着淡淡的辛辣味道,当然同样是伯爵茶,不同的调茶师调出的风格也会有所不同。而一杯简单的英式早餐茶,也至少混杂着3种茶:斯里兰卡茶、阿萨姆茶和肯尼亚茶。3种茶的口感、香气、浓度混合搭配,再加入牛奶,一杯香气浓郁的早餐茶,几乎成了英国的国茶。

如果说中国人的饮茶带有某种艺术家的性情,禅茶一味,无俗忘我,天人合一,引导人进入一个冥想人生的境界,那么英国茶可以说是带有发明家的乐趣,黑加仑、柠檬、百香果、玫瑰、薄荷……他们在大自然中细细找寻、发现、品味、拼配,享受发现之乐、创造之乐。茶,成为人与人、人与自然交流的工具,也成为人们享受生活的小道具。

我走过许多地方,也喝了不少茶,常常浮现在脑海里的却是一幅纸上的"茶之景":乡间茶楼,临窗一角,芦帘上卷。小方桌上茶壶1把,茶盅3只。茶客已走,窗外新月初上，天如水、月如钩。疏朗的几笔墨痕，引人遐思的静谧与简朴，含蓄着人间的情味。这就是我最喜欢的漫画家丰子恺的漫画《人散后，一钩新月天如水》。美学大师朱光潜称他"从顶至踵，浑身都是个艺术家"。

一茶一世界，东西共交辉。每一种茶都令人心动，每一杯茶都会遇到它的有缘人。世界很大，时间很快，记得停下来，喝杯茶吧——"没什么/只是月亮等我们/没什么/只是新茶等故人/没什么/只是岁月等春风/山河等古今"

（本书文章均发表于《人民日报》的《半日闲谭》栏目，以下不再标注。2016年1月16日）

幽默中的节制与优雅

很久没看到这么有腔调的喜剧了。最近,北京人艺小剧场正在演出《丁西林喜剧三则》。小剧场里,观众与演员一起,在3个独幕小戏的情境中,共同融入20世纪二三十年代的3个家庭。在轻松会意的笑声里,人们感受到一股节制而优雅的古典幽默风。

那么,这股古典风所来何处?先说丁西林。丁西林是个非常有意思的人物。他原名丁燮林,出生于江苏泰兴黄桥镇,是位著名的物理学家。1910年考入上海南洋公学,毕业后又考入英国伯明翰大学攻读物理学,获理科硕士。回国后,受蔡元培校长聘请,进入北京大学任物理学教授,后被选为物理系主任。

就是这位标准的理科生,由于自幼喜爱文艺,留学英国期间,阅读了大量欧洲的戏剧、小说。关于这段经历,他是这么说的——"早年我在上海读书,学的是物理,后来就到英国留学。业余时间看英文小说、戏剧。开始看小说不大看得懂,看戏比较容易懂。所以我是从看英文剧本开始对戏剧发生兴趣的。回国后,因几个搞科学的朋友编了一种综合性的杂志,也想登剧本。他们知道我喜欢戏剧,就怂恿我写,写了几个就出了名。我就这样走上了戏剧创作的道路"。

丁西林的处女作是问世于 1923 年的独幕剧《一只马蜂》。"一只马蜂"只是剧尾处一句俏皮机智的回话,用做剧目名,别出心裁中透露出含蓄有味的幽默用意。这只"马蜂"一"飞"出,就引来话剧界极大的关注,脍炙人口,广泛上演。丁西林共发表过 10 部剧作,其中 7 部是独幕剧。早在 20 世纪 50 年代,焦菊隐就曾在北京人艺排演过其代表作品《三块钱国币》。这次的《丁西林喜剧三则》，选取了《一只马蜂》《酒后》《瞎了一只眼》3部婚恋题材的作品，这也是继焦菊隐之后北京人艺第2次排演丁西林的剧作。

丁西林是一个独特的存在。现代文学研究者钱理群说："丁西林在20年代，以至整个中国话剧史上，都是一个独特的存在。中国现代话剧是以悲剧为主体的，他是为数不多的喜剧作家之一；中国现代话剧的主要代表作大多是多幕剧，而他却执著于独幕剧创作的艺术实验……他出现在中国现代话剧的初期，可是从起笔就达到了高水准，表现出一种艺术上的成熟。"他被称为"中国现代第一位喜剧大师""独幕剧圣手"，可这一切却只是他的"业余爱好"。他的主业一直是物理学。

英国作家华波尔认为："在那些爱思索的人看来，世界是部喜剧；在那些重感情的人看来，世界是部悲剧。"

爱思索，可能更容易参悟这个世界的本质；重感情，则更容易感知这个世界的不幸。也许，正是由于学习物理学，丁西林的思维更偏重于理性的思考与分析。据说20世纪40年代有一群年轻人去赴丁西林先生的茶会，他们一路上猜想丁先生家的客厅有多大，是否能容得下他们这十来个好动的客人。当他们按照门牌号找过去，这位戏剧界大人物竟生活在一个"陈列的尽是仪器的大实验室"里。而出现在眼前的丁先生，也不是他们想象中身形修长、风趣幽默的样子，恰恰相反，丁先生有些矮胖的身材，一派严肃的神态，实实在在是位冷静的学者。

丁西林认为喜剧是一种理性的感受，必须经过思考，必须有味。他不喜欢夸张，他认为喜剧的笑不同于闹剧的哄堂、捧腹，而应是"会心的微笑"。所以我们看到的丁西林的喜剧，人物不多，也没有大的矛盾，但是语言讲究，有鲜明的层次和节奏，呈现出一种有节制的幽默感。比如《一只马蜂》中的吉先生，行为举止非常类似于西洋绅士，他穿着"极自然的服装"，批评着"极不自然的社会"，他精心"操纵"着一场欲语还休的心意确认，时刻不会让自己因失礼而尴尬。

不难看出这种彬彬有礼、温文尔雅的节制感，是丁西林欣赏的。

"五四"时期的作家，大多着眼于社会、历史的重大背景和重大问题，突出改造国民性，宣传新思想。但是丁西林更关注的是日常，在日常的租房、婚恋等细枝末节里，他以冷静超然的眼光，审视、发掘生活中喜剧的因子，赋予生活喜剧的灵魂。他改编自凌叔华小说《醉酒》的独幕剧，在一段生活的小插曲里，展现了一对受新文化影响的夫妻对生命、爱情、婚姻的独到看法，对话颇有哲学的意境。剧中人物妙语迭出，今天听来依旧不老套。比如，"我想一个人在世界上，要有了爱，方才可以说是生在世上。如果没有爱，只可以说是活在世上""中国的女人，只要结婚，不管爱不爱的。这本来也是对的，因为婚姻是一个社会的制度，社会制度，都是为那一般活在世上的人设的，不是为那少数生在世上的人设的""一个女人，如果完全不吃醋，那就和一个男人不喝酒是一样的，一定是枯燥无味得很。不过酒喝多了是要吐的，吃醋吃到要吐的程度,就没有趣味了"……真是精彩!

看丁西林的喜剧让人感受到某种达观的智慧,某种中国式的和谐。他并不热衷大舞台,也不刻意追求作品的社会教化作用,他更关注世态人情的合理性,在合理性中又表达出温情的微讽。他的微讽不会让人焦虑,也不致令人抗拒。他的物理学的头脑、他的研究型的思维方式、他的冷静细致的分析笔法,给他的艺术思维活动注入了从容、理性、睿智的美感。我想,也许这与丁西林温厚平和的人生态度有关,在他的作品里,的确更多地呈现出东方人那种温柔敦厚的基调,就像《瞎了一只眼》里共同对前来探望的朋友圆谎的那对夫妻,在另类的"扒马褂"过程中,诙谐含蓄地传递出丈夫对太太的"维护",笑过之后,心是暖的。

《丁西林喜剧三则》首演这天,丁西林先生的后人坚持自己买票前来观看。演出结束,导演把他们请上了舞台。掌声与鲜花,穿过岁月的阻隔,再一次献给了丁西林先生。近百年前,那小小的优雅再一次呈现,那绵长的余香依旧迷人。用导演班赞的话来说,"丁西林喜剧的灵魂,不在嘲讽,不在抨击,而在其持续不断地、确认着人与人之间某种神圣的联系。任何人与人之间,亲密、自然、健康的联系,不仅是愉快的,也是神圣的"。

在今天这个喧嚣的世界里,回响着很多宏大的声音,而这小小的、微讽的、细腻而又节制的优雅,依然那样动人,我想那是我们需要的,并且是渴望的。

(2016年5月14日)

菇娘与时尚的方式

近两年,有一种产自东北的非主流水果——菇娘(在东北,这个"娘"字读作三声,并缀以儿化音)颇有大举登堂入室之势。每逢夏秋之交,大大小小的水果铺子,都少不了菇娘小巧的身影,而它特有的香气与口感据说确实俘获了不少姑娘的舌尖呢。

在东北,这种叫"菇娘"的植物大概有三种,红菇娘、黄菇娘和紫菇娘。三种菇娘,黄菇娘个头最小,但最好吃,目前市面上流行的就是这种黄菇娘;紫菇娘个头最大，但最难吃；红菇娘，故事最多，身价最高。据说黄菇娘产于南美洲安第斯山脉，所以东北人也叫它"洋菇娘"。而虽然很多资料都指向紫菇娘原产于中国东北原始森林，是真正的"坐地户"，但民间似乎并不认可，依然倾向于是从俄罗斯引进的，不知这是否受紫菇娘的小名儿"大鼻子菇娘"影响所致。

现在要多说几句红菇娘，谁让它故事多呢。红菇娘，学名酸浆，东北、华北地区种植广泛，其他地区较少，具有清热解毒、利尿降压、治热咳、咽痛等功效，是营养丰富并具有保健作用的水果蔬菜。李时珍《本草纲目》记载："燕京野果名红姑娘，外垂降囊，中含赤子如珠，酸甘可食，盈盈绕砌，与翠草同芳，亦自可爱。捣汁服治黄病（指黄疸性肝炎）多效，治上气咳嗽风热，明目，付小儿内辟。"可见红菇娘是药典正册里的"姑娘"。

也许由于红菇娘有入药治病的功效，东北民间有很多关于红菇娘的动人传说，其实更多体现的是人类对一种植物的感恩之情吧，一如传说中那位善良的红姑娘。红菇娘也是性子很烈的一种水果。因为红菇娘在没有熟透的时候，奇苦无比，但经历了初霜之后，便一改苦涩而变得酸甜可口。加之红菇娘衣似红灯笼，貌如红玛瑙，很具观赏性，特别招人喜爱，连曹雪芹也对它赞赏有加。有人考据，《红楼梦》里降生为林黛玉的那株绛珠草，就是这红菇娘。不知是否真有此一说。

红菇娘虽有千般好，但早已遗失在历史的荒芜中，无人记起也无人提及了，长在深山人不识，长期处于自生自灭的野生状态。直到20世纪90年代，人们发现了红菇娘的商业价值，把它当成一种神秘的中草药来对待，才开始大面积种植，并向海外出口。红菇娘也从此脱离了乡野的餐盘，身价堪比"贵妇"。

由菇娘的走俏，我想起了另一些同样出生于乡野的食物，比如火爆多年的一道川菜——酸菜鱼。酸菜鱼源自山城重庆，从20世纪90年代开始，几乎席卷大江南北，成为重庆菜的开路先锋之一。关于酸菜鱼的传说版本较多，一说其始于重庆江津的江村渔船。当地的渔夫将捕捞的大鱼出售后，便将剩下的小鱼跟江边的农家换酸菜吃。渔夫将酸菜和鲜鱼一锅煮后，发现这汤味道更加鲜美，于是一些小店开始如法炮制，深受食客喜爱。一道新的菜品就这样从小店流行到大店，重庆的厨师们又把它推向全国，酸菜鱼的名声就这样传播开来，一度成为各地餐桌上的时尚之选。

有学者说，"时尚存在于忘却与回忆的互动之间，在二者之间，它通过循环而回忆起它的过去，同时，又忘却它所回到的恰恰就是过去。"这话听起来特别绕，说白了，每一次时尚的潮流里几乎永远有我们过去生活的影子。我们一直在与"过去的自我"进行着某种对话与连接。而在众多的时尚之选中，相比于复杂的大脑，我们的味蕾与舌尖似乎要更加诚实。

而说起舌尖上的诚实，不能不提北京餐饮界一位叫"大董"的大厨。大董的菜品颇有时尚风格，每年一次的新菜品鉴会上，节令新菜登场的阵势，颇有T台模特闪亮登场的隆重意味，足见大董对新菜品的重视。但他深知新菜品的研发之道在于挖掘出那些深藏于乡野的食材，那才是时尚真道。今年大董为了挖掘新食材也走了一条时尚闪亮的路——从敦煌到西西里，这刚好是陆上丝绸之路的起点和终点。为啥要选这条路？因为这也是一条美食之路，我们现在司空见惯的种种食材如黄瓜、葡萄，以及各种香料……都是从这条路来到中国的。

这一路，大董还带着考据的思维来行走。他说，比如饺子，许多中国人都本能地以为是中国的原生食品，事实上并非如此。说饺子之前，先说小麦。小麦原产自中亚，自中亚向东、西传播。在东方，它与"水"合作，就成为了有亚洲风味的种种面条等食物；在西方，它与"火"结成了伙伴，于是有了面包、烤饼等食物。小麦粉在古波斯语中带有"P"的发音特征，至今保存在英语、法语、意大利语以及汉语里有关面粉制品的食物中。直到中华人民共和国成立前，在北京土语中，还把煮饺子称为"煮饽饽"。带着这样的思维，一路上就会有许多新的发现。比如杏，甘肃一带有许多品质优良的杏，敦煌的李广杏，临洮的大接杏，都很有名。杏原产中国，通过丝绸之路的传播，早已广泛种植于中亚、欧洲，并成为那里重要的日常食材。而西北地区常见的面食比如油胡旋、油香、馕、馓子……无一不是随着丝绸之路来到中国，又和本地口味结合，成为西北地区有代表性的面食。而所有这些，都可能成为一轮轮新时尚的"种子"，它只是需要被挖掘、被赋予新的时尚灵性。

可见在所谓时尚的方式里，"诚实"是不可或缺的一味。这诚实就是不忘来处，回望历史，发现自己，重回大地。如此，方能建立内在的品位。而无论是东方还是西方，不用时间倒流，我们就可以在一餐一饭中，在不紧不慢的咀嚼中，穿越时空，与我们的先人在舌尖上相遇。只是我们需要有慢下来的匠人精神，来发现、打磨、体会，然后才是创新。正如米兰·昆德拉所说："慢的程度与记忆的强度成正比，快的程度与忘却的强度成正比。"

诚哉，斯言。

（2016年9月3日）

窗子的文艺范儿

大凡有过看房买房经验的人，对一个词都不会陌生，叫"明厨明卫"。何谓明厨明卫？厨卫有窗子是也。厨卫本非一定需要明亮的地方，可一旦有了窗子，身价马上就不一样了。可见，窗子的重要。

窗，在建筑学上是指墙或屋顶上建造的洞口，用以使光线或空气进入室内。"窗"本作"囱"，即在墙上留个洞，框内的是窗棂，可以透光，也可以出烟，后加"穴"字头构成形声字。《说文》说："在墙曰牖，在屋曰囱。窗，或从穴。"

一扇窗子，其功用是实实在在的，从古代的"当窗理云鬓，对镜贴花黄"到现代的"你站在桥上看风景/看风景的人在楼上看你/明月装饰了你的窗子/你装饰了别人的梦"，从引入光线，到凝聚视线，窗子成了人们文学表达中目光投注的重要场域，无论是带给全世界读者无数笑声和感动的《窗边的小豆豆》，还是20世纪70年代轰动华语文坛继而捧红一代偶像林青霞的《窗外》，作者都直接选取了窗的意象作书名。在近40年后，转而开始写作的影星林青霞出版了她的第一部散文作品，取书名《窗里窗外》，可见与"窗"的难舍情缘。

人与窗的情缘，说来古已有之。"连宵风雨恶，蓬户不轻开。山似相思久，推窗扑面来。"这首《推窗》是清代乾隆年间极负盛名的"性灵派"诗人袁枚的代表作。本来不经意的一件事，下雨，关门，开窗，在才子袁枚的笔下，却极富韵味。整夜的狂风暴雨，当然就不能开窗了。而主人和青山却因此"相思久"，待天亮雨停，主人刚一开窗，青山就扑面而来。一个"扑"

字，勾画出"我"与"山"、"山"与"我"的相知相惜，而窗，则是"我"与"山"联结的重要"媒介"。

袁枚是性灵派创作理论的提倡者。性灵即性情也。他以为"诗者，人之性情也，性情之外无诗"，又说："凡诗之传者，都是性灵，不关堆垛。"

而诗人内心的声音、性情，很多时候竟是透过"窗"这一与外界联结的独特空间流淌出来。中国诗人非常喜欢从窗中览景。"花落春无语，春归鸟自啼。多情是蜂蝶，飞过粉墙西。"虽然诗中无窗，但题目直取《书窗即事》。这是宋代诗人朱淑真的一首五言绝句，"书窗即事"即由书窗外的事物写成诗。这是典型的窗中取景。

"窗含西岭千秋雪，门泊东吴万里船""客来梦觉知何处？挂起西窗浪接天"，在这里，窗子又超越了简单的取景，带给人们的是延伸了的广阔空间。窗子，已成为远放心灵的渡口。

窗子的朝向在古人的诗中也有细致的区分。比如南窗。晋代陶潜《问来使》诗云："我屋南窗下，今生几丛菊？"南窗下阳光充足，种竹种菊自然要在南窗下了。当然也有北窗。唐代陈子昂《群公集毕氏林亭》："默语谁能识,琴樽寄北窗。"唐代李白《戏赠郑溧阳》："清风北窗下,自谓羲皇人。"羲皇,伏羲。羲皇人,即羲皇上人,指伏羲以前的人。指生活清闲自适。原来"北窗高卧""北窗眠",皆因暑热季节"北窗凉"啊。

最有名的西窗当属李商隐的那句"何当共剪西窗烛,却话巴山夜雨时"。"剪烛西窗"具体细腻而又无限传神地描绘出了巴山夜雨之时诗人对妻子的思念之情。

而西窗下最深的叹息,则是宋朝诗人黄庭坚在《窗日》中感慨时光飞逝如过隙之驹:"叹息西窗过隙驹,微阳初至日光舒。"

独酌感怀也多选在西窗。看陆游的《西窗独酌》:"却扫衡门岁月深,残骸况复病交侵。平生所学为何事?后世有人知此心。水落枯萍黏破块,霜高丹叶照横林。一樽浊酒西窗下,安得无功与共斟?"

西窗日影斜。人在家中,西窗是最能感受一天结束、时光流逝的地方,古诗中西窗之下的人生感怀自然最多。

此外，还有冠以松、竹、梅等各种雅称的窗子，从中可见古代文人的雅致。如出现较多的竹窗。"常爱辋川寺，竹窗东北廊。一别十余载，见竹未曾忘。"（白居易《竹窗》）"露气竹窗静，秋光云月深。"（马戴《新秋雨霁宿王处士东郊》）

还有梅窗。"南窗屋数楹，一点阳和生。枝上雪妆瘦，墙头风作清。霜天酒自暖，月夜梦难成。何处人吹笛，黄昏送几声。"（白玉蟾《梅窗》）

松窗，临松之窗，多指别墅或书斋。唐代顾况《忆山中》诗："蕙圃泉浇湿，松窗月映闲。"宋代辛弃疾《贺新郎·题傅君用山园》词："堪笑高人读书处，多少松窗竹阁。"清代吴伟业《海虞孙孝维三十赠言》诗之三："松窗映火茗芽熟，贝叶研朱梵夹成。"

一扇扇窗子，如同一室之眼睛，透过它人类足不出户可以感受四季变换，而春风秋月经过一扇扇窗子的"剪裁"与浓缩，又在人类的举头低眉之间，映照出世间的诸般感怀来。而在后人那些绮丽的爱情篇章里，窗，也从未缺席。

这首《窗》，在艾青的诗的丛林中，闪耀着别样的光彩。因为这是诗人非常少见的一首爱情诗，写于常州任教时期，发表于1936年12月《新诗》月刊1卷3期，署名：莪伽。

"在这样绮丽的日子／我悠悠地望着窗／也能望见她／她在我幻想的窗里／我望她也在窗前／用手支着丰满的下颔／而她柔和的眼／则沉浸在思念里／在她思念的眼里／映着一个无边的天

"那天的颜色／是梦一般青的／青的天的上面／浮起白的云片了／追踪那云片／她能望见我的影子／是的，她能望见我／也在这样的日子／因我也是生存在／她幻想的窗里的"

这里，窗子成了镶嵌思念的画框。从"我悠悠地望着窗"开始，"我"在"幻想的窗里"，望见她也在窗前思念"我"。"我"望着窗，不仅望见了她在我幻想的窗里，而且望见了她的眼睛，望见了她眼里的天空……

这样绮幻的构思，也许只有爱情才会赋予吧。

刘熙《释名》说:"窗,聪也;于内窥外,为聪明也。"一扇窗子打开一个世界,每一扇窗子都非同一般。

(2016年9月24日)

月亮门里,月亮门外

冯小刚的电影《我不是潘金莲》一出,它夺人眼球的圆形画幅,就引出了诸般讨论,从域外导演到中国文人画,从西洋镜的风俗小片儿到中国风情的私房小照,林林总总,煞是热闹。而这圆形画幅只让我想到一样:月亮门。

月亮门的概念最早源于我的童年记忆。小时候住在北方乡下,月亮门是无从得见的。但有一年因为要翻修院墙,我父亲打算跟邻居提议,在两家檐下的院墙修一道月亮门，一为往来方便，二也好看。这个提议最先被我母亲否定了，她觉得这个提议太不靠谱，她说到时候邻居家的猪啊鸡啊在你院子里乱跑你咋办。我父亲天生酷爱整洁，我母亲以为这个理由足以阻止父亲"异想天开"的建议。但我父亲执意要去沟通试试，结果当然是被婉拒。因为多一些院墙建鸡栏鸭舍，比一个好看不实用的月亮门要重要得多。

月亮门的概念就这样被植入在一个孩童的心中。在大人们为建不建月亮门讨论争执的时刻，我脑海里映现的是父亲描述的画面，大人、孩子从圆拱形的月亮门进进出出，月亮门旁有斜逸的樱桃树的枝条和一丛丛刺玫花的身影，好像画面是挺美的。

几年后，我父亲被调到另一所小学任中心校的校长，翻修学校院墙的时候，我终于看到了校园里红砖建的圆拱门。月亮门！我眼前一亮。从此，每当我看到那所小学的师生们在绿树花丛中往来穿行于那道红色月亮门的时候，心中便总涌上某种说不清的、美好浪漫的感觉来。

父亲出生于20世纪30年代末。我一直猜想，也许对于在红旗下接受教育的他，那道月亮门可能是中国的审美传统留给他的不多的向往之一。多年以后，我带退休的父亲和母亲去苏杭二城游玩。苏州的园林，西湖的胜景，令父亲着迷。他兴奋地拉着母亲四处留影。我只知道他对江南园林、对"西湖十景"情有独钟，回来翻看照片才发现，他留影最多的竟然是粉墙黛瓦的各式月亮门！哈，又是月亮门！

就这样，不知不觉间，我也被传染上了某种月亮门情结。20世纪90年代初，我刚参加工作，常去单位的家属区看望我实习时的指导老师。老师家在几排老式的楼房中，起初我总记不住具体的楼号，很快我就找到了一个重要标志物——楼旁有灰色水泥的月亮门！我观察了一下，别的楼旁也有水泥装饰门，有的是菱形的，有的是方形的，只有这一处是圆形的。如今我在这个大院里已待了二十几年，照理每一栋楼早就应该熟稔于心了，但我发现，每次去看老师，我的路标竟然还是那道灰色的月亮门，我的眼睛总忍不住要去找那道月亮门。月亮门成了一个亲切的符号。

可是月亮门也记载着一些无奈。因为那时工作的大院要修小公园，而集体宿舍与办公楼之间没有明确的办公区与非办公区的界限，中间只隔着一片自然气息浓郁的小树林。我每天上下班多半是雀跃着穿过那片小树林，好不惬意。还有浪漫的同事在树丛中采了野花野草回家，那一束灿烂成就了我对那个年代生动的回忆。后来办公区域进行了美化和规划，那片小树林被改造成一个小公园，有假山石阶，有小桥流水，有树影竹林，当然还修了白墙灰瓦的围墙。这个举措当时有不少人表示不满，认为破坏了自然天成的气韵，把环境搞得太过人为了。我虽则也不甚喜欢，但因暗藏了个人的小心思，几乎没说过建围墙不好的话。因为自从建了小公园，从宿舍楼一出来，一眼望到的虽不再是小树林，却是新修的围墙上开的那道月亮门！我每天可以进出于这道月亮门上下班了，想想便有几分浪漫呢。可惜这浪漫没来几天，月亮门便彻底被封死了。因为办公区与宿舍区要严格分开，月亮门从此无法通行，它徒有其表地成了长长的白墙灰瓦间一个毫无生气的拱形图样。

话说到了2008年。那个夏天，全世界都关注着鸟巢，全国人民都热切地向往着在鸟巢获得一个观看比赛的座位，到处都是奥运的巨幅广告，"北京欢迎你"的歌声在大街小巷流淌。为了让城市更美更整洁，许多旧城区、城中村都在突击改造和改建，来不及改造的便突击搭建灰色的影壁墙，这些影壁墙中间，出现了不少月亮门。月亮门外，是整齐的街区；月亮门内，是细碎的百姓生活。这个特殊的意象被一个叫白尚仁的法国人捕捉到了。他决定记录下来。当时这位法国驻华大使馆文化专员，来到中国已经18年了。他是位摄影家，对北京的熟稔也远非一般的外国人能比。他的身份帮他得到了一张北京市的特许证，使他得以频频造访灰色影壁墙背后那些镀锡工、洗衣工、理发师、小摊贩……他与那里的人们共度周末，参与他们的夜晚。这位法国老先生与他们交往了两个月后，开始了他的拍摄工作。他的照片都以月亮门作背景，几乎都是摆拍的，但所有的场景又都是他们的日常：修车的手艺人和下象棋的街坊，赤膊打台球的小伙子和卖礼仪庆典用品的店铺，山西面点摊主和他的熟客……他对走进镜头里的那些年轻人印象深刻。他说，这些面孔青春干净，他们或天真或聪明，好客、热情而机灵，我对他们充满巨大的感激。当然他也记得有些年龄稍长的有觉悟的中国人，不仅拒绝拍摄，还非常严肃地质问他的中国助手：为什么要陪着一个外国人，来拍我们这些乱七八糟的地方，丑化中国？

那个摄影展，名字就叫"月亮门"。又一个月亮门。那个奥运之夏，北京不只有繁华的中央商务区，不只有故宫天坛和长安街，不只有槐荫匝地的四合院，不只有热闹兴奋的人流，还有京郊那个叫十八里店的地方。月亮门里，是简单甚至卑微的普通人的生活，那些细碎、平凡、庸常的瞬间，无关虚荣，却黏合着温暖的中国映象，真实而珍贵。

月亮门，又称月洞门或月门，是中国古典园林、住宅中在院墙上开设的圆弧形洞门，因圆形如月而得名。

它既可作为出入的通道,又可透过门洞引入另一侧的景观,兼具实用性与装饰性。小小月亮门,融会了美学、哲学、建筑学、文学等多重元素,也凝聚了门里门外的诸多张望、盼望与遐想。

(2016年12月3日)

腊八粥与八宝茶

刚过腊八,先说说腊八粥。

喝腊八粥的习俗传说有多种。有说腊八粥来源于明朝皇帝朱元璋落难时喝的杂粮粥。朱元璋做了皇帝后,把他喝粥的那一天定为"腊八节",把自己那天吃的杂粮粥命名为"腊八粥"。也有一说是腊八粥传自印度,与佛教创始者释迦牟尼有关,他经过6年苦修后,于腊月初八在菩提树下悟道成佛。从此腊八成了"佛祖成道纪念日",后人不忘他所受的苦难,每年腊月初八吃粥以纪念。不论是哪一种来由，腊八粥更多的是与苦难相关，与艰难岁月有关。民间有"过了腊八就是年"的俗语，腊八成了腊月与年的一个分水岭。想一想，在迎来欢愉富足的新年前，先吃一顿忆苦饭，提醒后辈要勤俭持家，在伦理上，也符合人们对生活的理解。

腊八粥的食材构成并没有一定之规，虽然有人为呼应腊八这个日子，还特意选用八种食材，但腊八粥的食料并没有固定下来。南宋人周密著《武林旧事》载："用胡桃、松子、乳蕈、柿蕈、柿栗之类做粥，谓之'腊八粥'。"至今我国江南、东北、西北地区仍保留着吃腊八粥的习俗，所用材料各不相同，但都有各自的讲究，糯米、红豆、红枣、栗子、花生、白果、莲子、百合等可煮成甜粥；紫米、小米、芸豆、山药等也可煮成纯粹的杂粮粥。如今，腊月里喝上一碗热腾腾的腊八粥，苦难的含义已渐渐远去，腊八粥成了寒冷冬日里暖胃的健康饮食。

美国人汤姆·斯坦迪奇写的《舌尖上的历史》里说："富裕社会的一项共同特征是，人们觉得自己丧失了与土地之间的古老联结，并渴望重新建立它。"近些年腊八粥的习俗在大都市里重新被重视,不少饭店这一天都有腊八粥供应,或可映射当下社会人们的某种心态。

食物与财富关系密切。早期文明中,食物被当成货币,也象征特权地位。在现代社会里,食物不再直接等同于财富和权力,但它并未完全失去与财富的联系。无论是文字还是风俗,仍有无数例子回响着食物曾经扮演的重要经济角色。在英文中,家庭的主要赚钱者称为"breadwinner"(挣面包的人),金钱也被称为"面包"(bread);在汉语中,许多"食"字部首的字,如"饺""馆""饱""饰""饷""馀""馔""钱"等等,都与富足有关;民间"挣饭钱""赚吃食""挣个仨瓜俩枣的"等俚语,都指向食物与财富的联系。现在许多国家在厘定贫穷线时,根据的是购买基本最低量食品所需的收入。汤姆·斯坦迪奇说"贫穷代表着缺乏获得食物的渠道,而富裕则表示无须担心下一餐在哪里"。或许,在对旧滋味的怀恋里,正是富裕之后的人们要寻找的某种"古老联结",不再担心"下一餐在哪里"的人们要寻找的恰是历史里的记忆与滋味。腊八粥的重现,联结着的也许正是艰困与富足。

而与富裕的象征最为密切的饮食中,我首选"八宝茶"。在盖碗里放上一些红的白的黄的绿的干果,再抓上一撮茶叶,八宝茶可谓"内容"丰富又热闹。特别是寒冬的日子里,窗外北风凛冽,窗内水沸炉暖,朱漆的盘子里一只只小碟子,盛着各种有益身体的"宝物":褐色的桂圆干、红色的干枣枸杞、白色的银耳菊花、绿色的葡萄干,加上冰糖、核桃仁、龙井茶,根据口味可随意搭配。从一进腊月到整个春节期间,滚沸的开水一次次冲进一只只内容丰富的盖碗里,仿佛一年四季也同时被冲入了碗里,热热闹闹的年味就在暖香丰足的气氛中荡漾开来。

八宝茶当然也是有来头的。据说八宝茶源于古丝绸之路上少数民族的待客之用,"客人远至,盖碗先上"。八宝茶要专用盖碗冲泡,由于盖碗茶具以盖为天,以托为地,以碗为人,盖碗又称"三才碗",八宝茶也被称作"三泡台"或者"盖碗茶"。八宝茶最正宗的配料有红枣、桂圆、枸杞、冰糖、果片、核桃仁、芝麻、葡萄干，这八种材料再配上花茶，就是地道的八宝茶了。八宝茶在民间绵延至今，除了养生的功效，热闹丰足的好彩头也是它受欢迎的原因之一。

八宝茶渊源久远，但在颇多饮茶场景的《红楼梦》里几乎不见踪迹，大抵是富贵人家的饮食起居中已无须八宝茶的"象征"意味了。从贾母的六安茶，到消食的普洱茶、龙井茶、暹罗国进贡的茶，还有后人考据不详的"枫露""老君眉"等等，独不见"八宝茶"。只有一回，说宝玉厌食，林之孝家的就劝他喝些"女儿茶"，也就是普洱茶的一种，果然很好。还喝一种叫面茶的。这个面茶就有些像今天的八宝茶了。在茶叶里加了干果、奶、炒香的米粉、面粉等物，干果的种类也很多，有红枣、山楂、橄榄、胡桃等等。可见八宝茶里有地道的百姓富足意味，是彩头，也是盼头，大户人家如小说里的贾府，怕是不大喝的。

腊八粥与八宝茶，在腊月里回顾一些饮食的踪影，乃至找回某种与土地、与自然之间"古老的联结"，或许会让我们更珍重日常里的一碗粥、一杯茶,甚至会想起孔子那句"一箪食,一瓢饮,在陋巷,人不堪其忧,回也不改其乐"呢?

(2017 年 1 月 7 日)

茶心如雪

人过 40 岁之后，便真切地喜欢起冬天来。

北方的冬天，草木歇息，寒风吹过大地和雪野，凛冽中有一种沉潜的静气。而冬日饮茶，又自带几分禅意。窗外寒风呼啸，窗前水沸炉暖，茶香因为寒冷的映衬，越发清冽，直抵心源。

有人说，若要体会冬天的妙处，必经时间的淘洗与打磨，如同体会茶气一般，必要走过高山与峡谷，看尽湖泊与激流，从盼望"晚来天欲雪，能饮一杯无"，到"快日明窗闲试墨,寒泉古鼎自煎茶",酒茶之间,岁月酿出了酒香,日子氤氲着茶气。平淡天真里,是静穆,是微笑,是禅意在吹拂。

酒是寒冷的友伴,而茶是冬天的知音。且不说各种以"雪芽"命名的茗茶,泉水也大多与雪、冷、寒结伴。泉水以从石出者为佳,石出者水质清冽,甘寒滑爽。文人最重石泉,也多吟咏:"寒泉自换菖蒲水,活火闲煎橄榄茶""小石冷泉留翠味,紫泥新品泛春华""啮雪饮冰疑换骨,掬珠弄玉可忘年"。水是茶的载体,好水必寒。清代袁枚在《随园食单》上说到茶时,开头就说:"欲治好茶,先藏好水。"可见水的重要。乾隆皇帝为此钦定了"天下第一泉",而且认为雪水比天下第一泉更好,"遇佳雪,必收取,以松实、梅英、佛手烹茶,谓之三清"。如此,说茶是冬天的知音应不为过。而宋人品茶的一大特色是以声辨水。因为宋代茶人煎水用的是细的瓶和铫,口小不容易观察,只能依靠听觉,根据水的沸声来辨别候汤。故蔡襄《茶录》中说"候汤最难"。黄庭坚在《煎茶赋》中描绘听水声时有如"汹汹乎如涧松之发清吹",在《双井茶》中更有"不嫌水厄幸未辱,寒泉汤鼎听松风"的诗句。将煮泉时的水响声称作松风,借山中松涛声助兴水沸的声音,泉寒茶热,松涛阵阵,一冷一热,极致之间,茶气凛洌。

而茶之仙骨,其色也讲究冷如雪。宋代文人中有不少茶道高手,在蔡襄、黄庭坚、苏氏兄弟、陆游等人的诗文中都能看到他们爱茶、嗜茶、品茶评水的功力。宋代的点茶法是把团茶碾成粉,再将沸水注入茶盏,将茶粉打成沫来喝。因为打出的茶沫是白色的,所以"茶色贵白",以茶汤"白沫重叠,积聚水面,状如积雪",着盏无水痕而又能耐久为佳。因之,衬托茶色之白的黑釉茶盏得到了最为充分的发展,其中产于建州的建盏最有名。建盏在烧造时发生窑变,变化出各种花纹,其中有一种均匀细密的条状斑纹,在黑釉的衬托下银光闪烁,状如兔毫,被称作兔毫盏,最适合于斗茶,一时成为风尚。斗茶风尚之盛,连大宋皇帝宋徽宗都直接参与其中。他不但亲自点茶,还专门写了一本关于茶的论著《大观茶论》。黑色的茶盏与白色的茶沫，在运笔击拂的瞬间，动静相济，给人带来无穷乐趣，以至于晚年的蔡襄"老病而不能饮，日烹而玩之"，让人想起宗白华在《美学散步》里说，"禅是动中的极静，也是静中的极动，寂而常照，照而常寂，动静不二，直探生命的本源"。茶与盏、动与静，茶中禅味，隐逸里有真切。

茶香梅韵，也是文人在茶事上追求的文化格调。"寒夜客来茶当酒，竹炉汤沸火初红。寻常一样窗前月，才有梅花便不同"，以茶当酒，月下赏梅，宋人杜小山的《寒夜》诗，将茶香与梅韵交融一体。而明代画家沈周则以梅比茶，"香中别有韵，清格不知寒"。到了清代，各抱才艺的"扬州八怪"正式将茶与梅联姻，他们痴梅嗜茶，爱梅画梅，嗜茶如梅。"扬州八怪"之一的汪士慎曾云"知我平生清苦癖，清爱梅花苦爱茶"。清代著名学者厉鹗在汪氏的《煎茶图》上题诗赞曰："先生爱梅兼爱茶，啜茶日日写梅花。要将胸中清苦味，吐作纸上冰霜桠。"梅情茶心，高洁清远。人生，原来也是一种审美的姿态，一种审美的状态。

而最能让人气静神凝的，当属旷野山林间的一壶茶。明代以后，制茶饮茶的方法发生了很大变化，泡茶法流行开来。泡茶的流行，催生的是另一样茶具——紫砂壶。而泡茶的简单易行，也令饮茶的场地有了极大的自由度。明清文人山水画兴盛之际，也正是文人墨客热衷于茶艺之时。喜欢在山水间游历的明清文人，也将他们在山中的一壶茶引至笔端。观文徵明的《惠山茶会图》，唐寅《事茗图》《品茶图》《烹茶图》，画面大多在广阔幽静的山水之间，置一小亭，亭内茶壶醒目，有人煮茶品饮，或独啜或对饮，或静思或清谈，静谧安详。然而，在泉石松竹的空灵寂静里，在炉下烹茶的人间热气与山间溪边的空灵之气间，人又感受到一种巨大的充实，与空灵相伴生的充实。这充实所来何处？我把它归功于茶。一壶茶，在画幅广大幽远的空间产生了幽微的弥漫感，与天地自然圆融合一。这恐怕就是清代画家恽寿平所谓"画至神妙处，必有静气……画至于静，其登峰矣乎"。静气，是一种心理状态,是古代士大夫在心灵管理能力上追求的最高境界。如果没有这一壶茶,也许人就少了一份温情的驻足,对于隐逸也少了一分向往之心。

这一壶茶,也让我不断地想起唐代赵州禅师有名的公案"吃茶去"。《景德传灯录》卷十记载,赵州问新到僧:"曾到此间吗?"僧答"曾到",赵州曰:"吃茶去。"又问一僧,僧答"不曾到",赵州曰:"吃茶去。"

一千多年前"吃茶去"的当下感,让人回味无穷。"吃茶去"的轻松、平静与纯朴,带来挥之不去的神闲意定,在风里,在水里,在松涛里,在一壶茶里,始终有禅意在吹拂。

(2017年2月11日)

吴画成文章精选

高到半空里,低在人生里

前阵子上映的电影《师父》里有个细节:负责踢馆的"徒弟"耿良辰,以摆租书摊为生。电影里,租书摊唯一露了名目的书,是《蜀山剑侠传》。现实里的武林高手,故事里的御剑侠客,就在一辆独轮小车和几个马扎组成的租书摊上有了交集。

这也是难能可贵的交集。还珠楼主的《蜀山剑侠传》1932年开始在天津《天风报》连载,到20世纪40年代50年代之交,出至55集。这部玄幻背景的武侠小说,到今天还在被人追念,从电视剧到电影,也不知成了多少剧本的改编来源。里面的剑侠,是人似仙,御剑飞天,千里之外取人首级。小说里各种各样奇幻的描写,即使是今天的网络小说,也要瞠乎其后。想想今天很多人追着等网络小说更新的劲头,大概能够想象当年《蜀山剑侠传》连载的场景。

不过后来金庸、古龙的武侠小说,又把武林高手往人的方向收了收,让他们从还珠楼主笔下能飞行在半空,下降到了平地登楼、凌波微步。尽管如此,似乎还是超凡人类。我们今天对武林高手的浪漫想象,基本上也就是围绕这些展开的。内力,轻功,兵刃,暗器……林林总总,构成了一个虽然算不上神魔却无比超群的武林世界。

可正经的武林世界是啥样,大部分人都没见过。我们也只能从电影、小说里来补充想象了。没准儿就像《蜀山剑侠传》和摆书摊的耿良辰那样,是那种书里书外南辕北辙的场景。《师父》以20世纪30年代的天津"武行"为故事。影片里,传统的武馆已经与装备枪炮的军阀形成了冲突,武术已经在面对时代的挤压。一些写实的武术人生,终究不是我们的浪漫想象,要经受时势变化的磨砺。

而把这种武林故事的痛感写得更深的,还得数老舍先生。也是在20世纪30年代,《蜀山剑侠传》开始连载后3年,老舍先生的短篇小说《断魂枪》发表。

开镖局的沙子龙把镖局改成了客栈,一身的武艺已经离开了可以施展的时空:枣红色多穗的镖旗,绿鲨皮鞘的钢刀,响着串铃的口马,江湖上的智慧与黑话、义气与声名,连沙子龙,他的武艺、事业,都梦似的变成昨夜的。今天是火车、快枪、通商与恐怖。

沙子龙也已经咬了牙,准备带着他的枪和枪术一块儿被人们淡忘:只是在夜间,他把小院的门关好,熟习熟习他的"五虎断魂枪"。这条枪与这套枪,20年的工夫,在西北一带,给他创出来"神枪沙子龙"五个字,没遇见过敌手。现在,这条枪与这套枪不会再替他增光显胜了;只是摸摸这凉、滑、硬而发颤的杆子,使他心中少难过一些而已。只有在夜间独自拿起枪来,才能相信自己还是"神枪沙"。在白天,他不大谈武艺与往事;他的世界已被狂风吹了走。

老舍先生为《断魂枪》设置的时间背景,应该是在辛亥革命前后,时局大变之时。其实这样的变化从19世纪上半叶开始就已经显出了形,不过到了沙子龙关闭镖局的时候,已显得尤为激烈。与《师父》所讲的20世纪30年代不同,武馆这个行当,显然也还没出现在沙子龙的转业名单里。所以,比我们想象的更决绝,沙子龙几乎放弃了一身技艺,转行开了客栈。行业消泯、技艺蒙尘、心思晦暗,类似"神枪沙"的故事说也说不完,我们后来在各种反映时代变迁的电影里看到了无数的影子,不过都没有老舍先生在《断魂枪》最后那两声"不传!不传"显得滋味幽微。

老舍先生说,《断魂枪》原本是他所要写的武侠小说的一小块,不过因为"索稿的日多,而材料不那么方便了,于是把心中留着的长篇材料拿出来救急"。老舍先生也实诚,说这样"由批发而改为零卖是有点难过",可到《断魂枪》写完,"难过反倒变成了觉悟"。

这个"断魂枪"的故事,就这么立起来了,连作者自己,都觉得由长篇落成短篇不亏了。

老舍先生心中的武侠小说,他所知所写的武林模样,大概就是《断魂枪》这样的了。因为他本人也可以算习武之人。写作《断魂枪》时,老舍家在山东,结识了一批武林名家,还正式拜师学武,剑、棍、拳等都有习练。后来,移居青岛,正好有个院子可供老舍先生习武。臧克家先生曾有回忆,在青岛上老舍家拜访,"一进楼门,右壁上挂满了刀矛棍棒,老舍那时为了锻炼身体,天天练武"。

时移世易,而武林还在我们听的故事里。

(2016年1月2日)

蝶中尚有往日曲

"上虞县,祝家庄,玉水河滨……"这个月,绍兴小百花越剧团带着越剧《梁山伯与祝英台》到北京演出。思乡情切,说不得要钻到剧场里去听听乡音乡韵。

越剧《梁山伯与祝英台》改编自我国著名的民间传说。这个爱情传说的著名程度,或许还要在许仙与白娘子之上。人们一听"梁祝"的简称,就会想到这个故事上去,基本不会指偏。当然,这个故事今天这么有名,还得算上1953年中华人民共和国第一部彩色戏曲片《梁山伯与祝英台》以及 1959 年的小提琴协奏曲《梁祝》的功劳。

小提琴协奏曲《梁祝》与越剧之间的亲缘关系，1959 年的《人民日报》副刊版面曾以标题《协奏曲——"梁祝"》为题予以介绍：

"'梁祝'协奏曲，虽然是选取越剧的某些唱腔作为素材，但不像卡戏那样，只是吹奏唱腔，而是把观众所熟悉的越剧'梁祝'的那些已经因'梁祝'一剧的广泛传唱，而带有特定情感的片段，作为意境的基础，在小提琴音调上，以及乐队的协奏上给以丰富的表现。像开头的秀丽的景色，梁祝相爱，和依依不舍的别离，祝员外的迫婚，祝英台的哀痛，以及末段'化蝶'的欢乐情景，都不是简单地搬过来。它应用了交响乐的一切因素，做出了比较丰富的描画""作者深爱越剧，因而在音乐语言的表现上，也带有极浓厚的地方色彩……"

这段介绍里所提及，越剧"梁祝"之广泛传唱、为观众所熟悉，应该是剧场版与彩色戏曲片共同作用的结果。

1952年，新中国举办首届全国戏曲观摩演出大会，越剧《梁山伯与祝英台》（华东戏曲研究院越剧创作室集体改编，执笔者徐进、陈羽、宋之由、成容、弘英，原改编者南薇）斩获剧本奖、演出奖（一等）和美术设计奖。饰演祝英台的主演袁雪芬还与梅兰芳、周信芳、程砚秋、常香玉、王瑶卿、盖叫天等6位其他剧种的演员同获荣誉奖。

这时节，正逢新的婚姻法要在全国展开宣传贯彻，因为带着"追求自由与幸福的不可征服的意志"，越剧"梁祝"还顺理成章地被纳入到文化部拟定的有关婚姻问题的剧目名录中，供各地剧团参考选用。

而作为戏曲改革的观摩和表彰对象，《梁山伯与祝英台》的"五彩越剧故事片"版本也很快摄制完成。这部克服了彩色电影资金和技术困难、代表文艺活力的电影随即成为很多官方招待会的标配，还被带到1954年的日内瓦会议上招待外宾。载誉的越剧团也不辞辛苦，带着这部剧目进行国内、国际巡演。

搭着20世纪50年代最时兴的文艺形式的快车，"梁祝"故事与越韵越调很快就"广泛传唱"起来，一直驶入小提琴协奏曲里去。

今天演绎的越剧版"梁祝"，最后演员身披彩衣做彩蝶纷飞，几乎是固定要呈现的段落。"化蝶"差不多成了"梁祝"的代名词，外国人把它叫做"蝴蝶歌剧"，其他剧种移植越剧版本时曾题作《双蝴蝶》……但当年在小提琴协奏曲版本创作时，据说年轻的创作者曾因为"化蝶"一段太有"封建迷信"色彩，而把尾声定在祝英台投坟。

这种迷惑与拒斥，在当时的氛围中，并不是孤例。1952年周扬在为第一届全国戏曲观摩大会作总结报告时，谈到"梁祝"与"白蛇传"等故事时，还要特意岔开一段，"顺便解释一下由于幻想而产生的神话传说与迷信故事的区别"，强调"反对迷信而又赞成神话"。

1951年初，诗人、文学评论家何其芳在北京的报刊上著文，与当时北京《新民报》副刊"新戏剧"上发表的《论〈梁祝哀史〉的主题》商榷："他说尾声里面'添了一个充满迷信的收场'，如果是指梁山伯祝英台死后化为一双蝴蝶，那也是错误的。那不是'迷信'而是美丽的想象。"

是的，1950年出现在北京舞台上的越剧版"梁祝"还叫《梁祝哀史》，由范瑞娟、傅全香领衔的东山越艺社赴京演出，还带着越剧版"梁祝"多年演化的余韵。但《梁祝哀史》已经把关于蝴蝶的美丽想象凝结下来。1952年华东戏曲研究院越剧实验剧团斩获殊荣的晋京演出，主要参考的就是包括东山越艺社的《梁祝哀史》在内的版本。

而最早"美丽的想象"并不只是蝴蝶。何其芳在讲述"梁祝"故事时，说"有些地区的传说还有一个尾声，那就是梁山伯和祝英台后来变成了一双蓝色的蝴蝶，或者变成了天上的彩虹"。

除蝴蝶或者彩虹的"浪漫"想象之外，还有真正被视为迷信的旧日唱本。这是梁祝故事早年被改编成越剧时敷衍而成的某个版本，当时尚有流传。1953年，有读者向报刊投文批评，就记叙了这个早期版本的"故事"：

"上海儿童出版社在今年二月间翻印了旧唱本《梁祝姻缘》一万册。书商把这种唱本向学校推销。……该书开头即是:'吟诗一首安神位,表起上方张玉尊,金童玉女降下界,夫妇三世不成婚。'后面又说祝英台的未婚夫马三郎死后至阎君面前泣诉,说梁山伯霸占其妻;阎君查其阳寿未终,放他还阳,并告诉他,梁山伯与祝英台是金童玉女,不能与凡人婚配等。出版儿童读物首先应考虑书籍内容对儿童的教育作用,翻印这样内容有错误的旧唱本是错误的。"

由"神仙下界"化为"彩蝶纷飞",自是人间的选择。

(2016年1月30日)

赞歌是怎样炼成的

猴年的大型"春晚",除了央视的,还有文联的。春节时正巧看到"百花迎春——2016中国文学艺术界春节大联欢"在多家卫视陆续播出。这台"春晚"的最后一个节目《红梅赞》,是台上台下参加联欢的演员与观众合唱。镜头扫过老中青几代人的面孔,看得出来也听得出来,这首老歌,依然动人心弦。

老歌的滋味,越听越浓,我连着几天追听了几个平台的播出,更听出了好奇。时代在变,审美在变,即便是"流行歌曲",也在一茬接着一茬地轮替,老歌让老人怀旧不稀奇,但能让年轻人也唱得动容、听得动情,却并不寻常。

《红梅赞》是一首带着偶然问世的主题歌。它是1964年开始公演的歌剧《江姐》的主题曲,但《江姐》最初创作时,并没有它。《红梅赞》的词作者、不久前去世的阎肃先生曾回忆,《江姐》的初稿写成后,被列为空政文工团的重点剧目进行打造。时任空军司令员的刘亚楼提起在国外看到歌剧《卡门》《蝴蝶夫人》的主题歌效果很好,建议《江姐》也写一个主题歌。

主题歌这种形式,如今很常见,电视剧电影、游戏动漫、综艺节目,甚至节庆、运动会,大都有此一项。当然,也有一部分会采用无词的主题曲。主题歌(主题曲)在作品中反复出现,有时候还根据具体情节做一些词曲演绎上的微调,最终成为作品精粹的缩影,广泛流传。歌剧《江姐》中,《红梅赞》作为主题曲几度出现。不少唱段也与它的曲调十分相似,甚至取其中一两句的旋律善加化用,使《红梅赞》的旋律成为贯穿全剧的那条音乐线。

成功的主题歌，往往可以唤起人们对作品的记忆。以电视剧为例，央视"四大名著"电视剧的主题歌《敢问路在何方》《枉凝眉》《滚滚长江东逝水》《好汉歌》等，几乎是曲子响起、歌手开腔，剧目便犹在眼前。上世纪八九十年代的热门电视剧《便衣警察》《渴望》的主题歌《少年壮志不言愁》《渴望》，至今也还可以回味，几乎可以独立于电视剧流传。

从创演于19世纪欧洲的歌剧，到20世纪风靡我国的电视剧，无数优秀作品证明，运用得当的主题歌对于作品常有点睛之用。20世纪60年代《红梅赞》的问世，看似偶然的契机，或许该视作对成功的文艺经验的不吝化用。

《红梅赞》最初并不是现在的歌词。根据回忆，词作者阎肃一开始提供的是"川江行船"的意象："行船长江上，哪怕风和浪，风急浪险也寻常，心中自有红太阳……"但因为不切合女性角色的特质而被放弃。"红岩上红梅开，千里冰霜脚下踩。三九严寒何所惧，一片丹心向阳开。红梅花儿开,朵朵放光彩,昂首怒放花万朵,香飘云天外。唤醒百花齐开放,高歌欢庆新春来。"这篇最后被确定为主题歌的词作,本是阎肃之前应上海音乐学院之邀写红梅组歌中的一首。但恰是这首本不为《江姐》而创作的词,却与歌剧《江姐》产生了奇妙的共鸣,成为这部歌剧最有传播力的歌曲之一。为凛冬开放的梅花而作的歌,意外成为红岩上最有穿透力的一段旋律,"火到什么程度呢?水壶上《红梅赞》、手帕子上《红梅赞》,小孩子的红背心也《红梅赞》,据说港澳台也喜欢"。

意外之得里,也许有并不意外的部分。这让我想起阎肃先生的另一首名作《雾里看花》。"雾里看花,水中望月,你能分辨这变幻莫测的世界。涛走云飞,花开花谢,你能把握这摇曳多姿的季节""借我借我一双慧眼吧,让我把这纷扰看得清清楚楚、明明白白、真真切切"……这首本为《商标法》颁布 10 周年晚会所写的"打假"主题歌,竟成了时代的流行金曲之一。这或许就是他所说的——"有时候,软更打动人"。

羊鸣、姜春阳、金砂为《红梅赞》所作的曲，充分利用了民歌和戏曲中优美的甩腔元素，使"开""踩""寒""外""来"等字的节奏、韵致得以尽情发挥。如此，才为后人留下了这样一首婉转却有丰富滋味的"老歌"。有久远渊源的曲风支撑着传统的比兴手法涵养出来的词——或许正因如此，在21世纪也已迈过十多个年头的时候，在文艺工作者的联欢会上听到"唤醒百花齐开放，高歌欢庆新春来"，我竟没感到一丝光阴变换可能会带来的违和。

（2016年2月27日）

秦关汉月参生死

首都博物馆里,"五色炫曜"展尚在开放中。这个南昌汉代海昏侯国考古成果展,或许是近年来继故宫石渠宝笈特展展出《清明上河图》之后,最受大伙儿关注的文物展览了。

专家们看门道,兴奋于新的考古发现对历史的补充澄清,尤其是新发现的竹简木牍的研究价值。而像我这样的外行,最津津乐道的话题,则不免会集中在出土文物的数量丰富、形式多样上,更容易被金灿灿的金饼、马蹄金夺去视线。据说，这回出土的金器数量，是目前汉代考古之最。尽管就价值而论，未必有大家想象的那么高，但它展示出的炫目场景，却还是超过大部分人的想象了。

让人不得不感叹的是，这位先封王、后称帝，再是平民，接着为侯的刘先生，短短33年的人生经历超乎寻常的丰富不说，千年之后，还向大家展示了那时统治阶级上层的豪奢图景。

不过，展览解说里其实也提到了，这和汉代人"事死如事生"的丧葬观念有关。

这句话简单，但简单的观念展示到极致，大概就是海昏侯国考古出来的这个样子了，其繁复隆重令人咋舌。那时候，人们还相信，人死后会在另一个世界，就像生前一样生活。用现在的话来打个比方，死亡，不过就是搬家到了另一个地方。所以，得尽量按照生前那样，布置生活空间、用具。这种观念，影响深远，哪怕是佛教传入中国，轮回观念逐渐被许多人接受之后，也没彻底改变。即使到现在，也未必就失去作用了。

这种"事死如事生"的观念，在《史记》关于秦始皇陵的记载中也可见一斑："宫观百官奇器珍怪徙臧满之""以水银为百川江河大海，机相灌输，上具天文，下具地理""以人鱼膏为烛，度不灭者久之"……秦汉相承，汉代比秦代生产力更发达，风气也就可想而知了。

对帝王之族来说，厚营陪葬、高树坟茔的负面效果，一时或许还不那么明显。但对一般人家，后遗症就登时立现了。东汉明帝时，还专门批评了这种风气，特地"申明科禁"："今百姓送终之制，竞为奢靡。生者无担石之储，而财力尽于坟土。伏腊无糟糠，而牲牢兼于一奠。糜破积世之业，以供终朝之费，子孙饥寒，绝命于此，岂祖考之意哉！"（《后汉书》）财力全耗到了丧葬上，累世之业一朝用尽，自己连糟糠都吃不上了，祭奠的仪式上却还得强撑着上牲牢为祭品。这封诏书描述的语气强烈，几乎可以想象出一个痛心疾首发声劝诫的形象了。

不过，这种风气的形成，原因并不在普通百姓那里。早 80 多年前，载于《汉书》的另一封汉朝皇帝的诏书，已经可以说明其中的社会背景与发展过程:"方今世俗奢僭罔极,靡有厌足",公卿列侯亲属近臣"奢侈逸豫,务广第宅,治园池,多畜奴婢,被服绮縠,设钟鼓,备女乐,车服嫁娶葬埋过制",四方"吏民慕效,浸以成俗"。经济社会迅速发展,俗世生活日渐奢侈无度,从豪强权贵到四方吏民,慢慢都浸淫了这种风气。从生者的豪宅享受,到亡者的埋葬,都是一样的道理。所以,这封诏书认为,不从上到下改变风俗,"欲望百姓俭节,家给人足,岂不难哉"。

奢侈无度,总是不能持久的,尤其是在汉末战乱频仍、社会生产遭到大破坏的情形下。所以,窥视这一风气的转变,这一时代的风云人物,从政治、军事到思想文化都不失为领头人的曹操,是个重要的观察对象。

曹操临终前曾留有《遗令》,也就是今天所称的遗嘱:

"吾夜半觉小不佳,至明日饮粥汗出,服当归汤。

"吾在军中持法是也。至于小忿怒,大过失,不当效也。天下尚未安定,未得遵古也。吾有头病,自先著帻。

吾死之后，持大服如存时，勿遗。百官当临殿中者，十五举音，葬毕便除服；其将兵屯戍者，皆不得离屯部，有司各率乃职。敛以时服，葬于邺之西冈上，与西门豹祠相近，无藏金玉珠宝。

"吾婢妾与使人皆勤苦，使著铜雀台，善待之。于台堂上安六尺床，施穗帐，朝晡上脯糒之属，月旦十五日，自朝至午，辄向帐中作伎乐。汝等时时登铜雀台，望吾西陵墓田。余香可分与诸夫人，不命祭。诸舍中无所为，可学作组履卖也。吾历官所得绶，皆著藏中。吾馀衣裘，可别为一藏，不能者，兄弟可共分之。"

这封遗嘱，颇显这位换代之际的风云人物"不羁"的一面，对自己死后诸事的安排，简直有抓小放大之嫌，絮絮叨叨讲身后殓葬时不要忘了给自己戴上头巾，妻妾们如何分香卖履维持生活，如何处理衣物，倒更能见出真性情。

"天下尚未安定，未得遵古也。"曹操所说的"古"是什么呢？很明显，是他觉得不合时宜也不必再遵循的厚葬之风。有职司者葬毕除服、不离岗位、不废公事，墓中不葬金玉珠宝，显然已经有了转变风气的考虑，甚至连铜雀台上使人作伎乐，虽然看起来有前汉风气的余绪，也未尝不是为安置那些"婢妾使人"考虑。

秦关汉月，到这时，终于迈过了生死间一道关于俭与奢的坎。

（2016年4月9日）

"腔调"的自救

2016年是浙江昆苏剧团的《十五贯》晋京演出60周年。提起《十五贯》，人们最熟悉的当然是那句"一出戏救活了一个剧种"。对《十五贯》而言，这句出自田汉的感叹是荣耀。但当年《人民日报》的社论《从"一出戏救活了一个剧种"谈起》，初衷却并不是为了突出《十五贯》这种荣耀："本来，一个剧种的兴亡衰替，决不应该决定于一出戏，然而《十五贯》的演出，竟然使这句话有了根据，这就看出我们的戏曲工作中确实存在着问题了。"文章最后"希望每一个还没有受到重视的剧种,今后不要再等到来北京演上一出戏以后,才能'救活'"。

《十五贯》的改编,或许可以看作昆剧这一剧种在20世纪50年代面对新的审美需求时自救的努力。就在关于《十五贯》的社论发表的前一天,夏衍在《人民日报》上撰文,专门分析这部剧的剧本改编:"过去几年来,我们在整理传统剧目工作中获得了很大的成绩,但是我们也曾不止一次地犯过错误,有些人太胆怯,该删的不删,该改的不改,有些人太莽撞,不该删的删了,不必改的改了,那么,我认为把朱素臣的原作,和昆苏剧团的'初改本'和'整理本'核对研究一下,是可以得到有益的启发的。"

夏衍在这篇文章里对《十五贯》"整理本"进行了细读,把它视作整个戏曲改革工作里整理传统剧目的一个成功范本。这一出《十五贯》,还催生了当代的杂文名篇,如巴人(王任叔)的《况钟的笔》——"没有对人负责的精神,不可能作出对工作负责的事,况钟的笔底下有'人',就是况钟用笔的可贵精神"。巴人从《十五贯》里读出的这番感慨,或许正是这部剧多年常演不衰的奥秘之一。

明代王骥德在《曲律》中说:"世之腔调,每三十年一变。"其实不只是声腔韵律,随着时代的变化,社会对文艺作品审美需求、思想取向的要求也会有所变化。宗法社会讲"三从四德"的剧情,到了追求平等自由的现代社会,肯定会引起观众的不适。"三十年一变"所包含的规律,适用于腔调,也适用于文本、表演等。反复被提起的戏曲危机,系铃和解铃的关键,也许都在这条规律里。

20世纪70年代与80年代之交,还是浙江,在另一次关于戏曲危机的担忧里,有一部剧在越剧的发祥之省也扮演过跟当年《十五贯》类似的角色。这回是越剧《五女拜寿》,虽然没有当年的"救活"那么夸张,但用上一个"盘活",还是值得的。

1984年,长春电影制片厂拍摄古装戏曲片《五女拜寿》,次年获金鸡奖最佳戏曲片奖。这部戏曲片留下了董柯娣、何英、方雪雯、何赛飞、茅威涛、陶慧敏等一批越剧年轻演员的影像，至今仍为戏迷所珍视。但在当时，比这更重要的是，它代表了越剧新生代的集体成长。

"文革"结束之后，许多在动乱中被冷落埋没的越剧演员重上舞台。"四个花旦两百岁，三个老生两颗牙"，这句打趣的话背后，是当地人对越剧演员青黄不接严峻现实的直观认识。《五女拜寿》的出现，与应对这一危机、培养青年演员有着直接的关系。

《五女拜寿》这出戏，最大的特点在于它是个群戏，没有绝对的主角。围绕拜寿展开情节的数对生旦组合，几乎囊括了越剧的各个流派，在戏份上也力求平衡。这一特点，和编剧顾锡东有意"以戏带功"是分不开的。这出看起来像是传统戏曲的剧目，其实是个彻头彻尾的新编戏。

如今天大部分人所知，《五女拜寿》是浙江小百花越剧团的奠基大戏。其实，它最早是顾锡东这位浙江剧作界的大家为嘉兴地区越剧团青年队所创作。"文革"

结束时，顾锡东在嘉兴地区负责文化工作，意识到了越剧人才断层的严峻形势。他随即在当地组织了一个青年越剧团，学员平均年龄十八九岁。为了让他们能迅速成长，顾锡东专门创作并排练了《五女拜寿》这出包含了越剧多个流派、戏份平均的大戏。幸好结果没有辜负他的期待，这出剧不但在嘉兴受到欢迎，到大城市上海上演，也"基本上长期保持满座"。1983年，顾锡东回忆这段日子时说："一个娃娃剧团能在上海第一流剧院里演出，而且长期受到观众欢迎，据说是不大有的。我们这个娃娃团没有国家给的经费，靠自己演出到处'拜寿'，自力更生，我给她们定的方针叫'以戏带功，以功促戏，开门办学，出门求艺'……《新民晚报》小文谓之'一出戏孵出一个剧团'。"

1982年，浙江在全省范围内选拔越剧新秀集训。《五女拜寿》又成了这个临时组成的浙江省小百花越剧团"以戏带功"的首选。这出古装戏，也成为浙江后来越剧"小百花"齐放的先声。"小百花"的青春是样好东西，尤其是在一个剧种需要合理梯队的时候。但好的，不光是青春。《五女拜寿》借拜寿风波讲述的人情冷暖，正是经历"文革"之后许多人心里的感慨。就像当年《况钟的笔》之于《十五贯》一样，《五女拜寿》的奥秘，有一部分或许也在观众的感慨里。

（2016年4月9日）

百鸟真是为朝凤吗?

电影《百鸟朝凤》里,最激烈的"冲突",当属游家班与西洋乐队的对峙。一场农村的丧礼上,老派的唢呐班子和"城里"鲜亮的西式乐队狭路相逢,热闹里还有更热闹的,结局看来是唢呐班子输了。基于这段中与西的"打斗戏",大家同情落寞的英雄,很自然地觉得影片是在慨叹一种民族艺术的衰落。

与之相比,不那么激烈的"冲突",是游家班年轻的班主游天鸣在城里找到他已经无力吹奏唢呐的师兄们，他们因为在木材厂、水泥厂打工而垮了身体。从这个情节来看，又似乎唱响了传统艺术在现代经济社会里没落命运的挽歌。

这看起来似乎又是一个堂吉诃德式的英雄悲剧。一种古典艺术如凤凰陨落，无可奈何的百鸟哀泣，慨叹着世风日下，做一场倔强的抵抗。与堂吉诃德相比，它只是没有用喜剧来表达抵抗，哀伤得更彻底。

电影里，"百鸟朝凤"是首挽歌。借着这个象征，说这部电影本身是曲挽歌，真是再顺理成章不过。不过，新旧时代缝隙里的挽歌，一直不是什么稀罕的话题，影视作品里也不少。单说武术，这几年就有《一代宗师》《师父》等电影。如果把"顽主"也当一门技艺的话，甚至连《老炮儿》也未必不可以视为这样一个"曲子"。只以挽歌论，电影《百鸟朝凤》未必是唱得最哀恸动人的那曲。1933年沈从文《边城》里碧溪岨白塔的坍塌，1935年老舍《断魂枪》里的"不传！不传"早已动人心肠。

往更远处说，"世风日下，人心不古"的长叹，调子甚至不是20世纪才有的。而如果说所谓的情怀，只是因为舍不得老家什的消失而生出的哀怨愤懑的话，那就太过小看人们对情怀的认知了。用中西之辩、新旧之辩来解释这种情怀，就更站不住脚了。即使是我们视为传统乐器的唢呐，也很可能是外来品，一直到明代尚被视为外来者的象征。

相比电影，原著小说《百鸟朝凤》里，作者肖江虹写下了一些更具意味的细节。

小说里，无双镇的唢呐声在游家班解散之后并没有彻底消失。"也不知道是从哪天开始，城里下来的乐队就从无双镇消失了，就像停留在河滩上的一团雾，一阵风过，就无影无踪了。乐队一消失，唢呐声就嘹亮起来了。"但新出的唢呐班子，已经不是游天鸣辛苦学艺所追求的唢呐了："最显眼的还不是班主，而是他面前盘子里的一沓钞票，百元面额的，摆出了一道耀眼的风景。'起！'班主发声，接下来就是一场宏大的鼓噪。唢呐太多了，在步调上很难达成一致，于是就出现了群鸟出林的景象，呼啦一片，沸沸扬扬，让人感到一些惶然的惊惧。我甚至满含恶意地发现，有两个年轻的唢呐匠腮帮子从头到尾都瘪着，要知道，这个样子是吹不响唢呐的。这是我见过场面最大的唢呐班子，也是我听过的最难听的唢呐声。我的大师兄说得不对，十六台的唢呐不能把死人吹活，但没准会把活人吹死。"就连"省里面派下来挖掘和收集民间民俗文化的"都不觉得那是纯正的唢呐了。

唢呐并未消失，只是曾经与它所牵系的某些别的东西消失了。作为一种技艺，它曾经代表了学习它、发扬它的人的价值实现与尊严。在小说《百鸟朝凤》里，它表现为对《百鸟朝凤》这个曲子的庄重对待——它的庄重，不在于技艺有多难学，而在于"这个曲子是唢呐人的看家本领，一代弟子只传授一个人，这个人必须是天赋高、德行好的，学会了这个曲子，那是十分荣耀的事情，这个曲子只在白事上用，受用的人也要口碑极好才行，否则是不配享用这个曲子的"，还表现为接师礼、运送出活工具等"规矩"。唢呐的台数代表对逝者的评价而不能滥用，对唢呐匠表示尊重的诸多"规矩"，重点并不在那些"规矩"上，甚至也不在所谓的"乡村秩序"上,而在它们曾经是一群人实现人生价值、获得生命尊严的途径上。

与电影里不一样,小说里一直对游天鸣学唢呐抱以期待、最后卖牛试图重组唢呐班子、留遗言说自己只用吹4台而不配受用《百鸟朝凤》曲子的,是游天鸣的父亲,一个一辈子没当成唢呐匠的庄户人。从这个细节上,从一个局外人的身上,我们更能感受到这门技艺在小说人物世界里所意味着的东西。它的失落,才是最让人不忍心的地方。

技艺的失落,在时间的冲刷里,实在是太过寻常了。百鸟的鸣叫,也并不是为了把谁、把哪种技艺送上朝拜的宝座,成为供奉追念的存在。只有每一次失落伴随着的价值与尊严的动荡,才是常痛常新的。从《断魂枪》《一代宗师》到《百鸟朝凤》,我们潮涌的情怀,或许都与此相关。或许有一天,我们也能因为这种情怀,为一部讲述农民工命运的影片而群情激荡呢。

(2016年6月4日)

上古神话里的等候

动画电影《大鱼海棠》想象力的来源之一是我国的上古神话。

"大鱼",取的是《庄子·逍遥游》里的意象:"北冥有鱼,其名为鲲。鲲之大,不知其几千里也;化而为鸟,其名为鹏。鹏之背,不知其几千里也;怒而飞,其翼若垂天之云。是鸟也,海运则将徙于南冥。南冥者,天池也。"

现实里,我们视豚与鲸为大鱼,而在庄子勾勒的神奇世界里，"不知其几千里也"才是体形的尺度，由鱼而化为鸟，才是变化的节奏，从北冥到南冥，才是世界的边际。

《庄子》里，满是这样奇幻的想象。仅《逍遥游》一篇里，就有"以五百岁为春，五百岁为秋"的冥灵木，"以八千岁为春，八千岁为秋"的大椿，"御风而行"的列子，"吸风饮露"的姑射神人……

尽管按今天的体裁来说，《庄子》中的这些篇目更像寓言。多数奇幻的想象，像蜩与学鸠不理解鹏的扶摇九万里，都是为了说明各种境界的区别。但它至少为我们记录，也可能是渲染了先民留下来的各种神话。

《庄子》中的这些神话，在《列子》中也有所记叙。《列子·汤问》一篇，尤其让人眼界大开。冥灵木、大椿都在其中，各以五百岁、八千岁为一季。北方的溟海天池，鲲鹏也或者"广数千里"，或者"翼若垂天之云"。区别只在于，《列子》里的鲲鹏是各自独立，而《庄子》里的鲲鹏是转化形态。

在《汤问》中引出鲲鹏的这一部分里，借殷汤与夏革的问答，我们看到了许多今天熟悉的神话故事：女娲炼五色石补天、斩大龟之足支撑四极，共工与颛顼争位怒触不周山，巨龟驮负岱舆、员峤、方壶、瀛洲、蓬莱五座神山……除此之外，《汤问》里还有愚公移山、夸父追日、天南海北诸多风俗神异的国度等我们今天或熟悉或陌生的传说片段。

这又让人想起了另一册先秦古籍《山海经》。夸父追日的故事，在《山海经》中的《海外北经》与《大荒北经》里都有讲述。

先秦古籍流传至今数千年，很多都有古本和今本之分。流传过程中散佚、增删、相互参考甚至摘编誊抄都难以尽述，因此，即使是特别专门的考辨研究，也很难确认其中哪些故事具体是谁先记述、谁复制了谁。像《列子》，虽然托名的作者列子（列御寇）要早于庄子，但《列子》一书却有说法认为是晋代人摘编伪作。无论如何，这些或早或晚的古籍，仍是一道为我们留下了我国上古神话的瑰丽面貌的风景。其中尤其以《山海经》令人赞叹。所以，我国当代重要的神话学者袁珂先生在他的《山海经校注》序言里说《山海经》乃"匪特史地之权舆，亦乃神话之渊府"。

在袁珂先生那里，中国古代神话只多"片段"而不成体系，也是很让他觉得惋惜的。1950年，他所著的《中国古代神话》一书出版，其中就谈到了这种缺憾："世界上的几个文明古国：中国、印度、希腊、埃及，古代都有着丰富的神话。希腊和印度的神话更相当完整地被保存下来，只有中国的神话，原先虽然不能说不丰富，可惜中间经过散失，只剩下一些零星的片段，东一处西一处地分散在古人的著作里，毫无系统条理……是非常抱憾的。"

我们的神话世界，分散在哪些著作里呢？《山海经》无疑是最集中而可称代表的。袁珂先生在《山海经校注·序》里说，《山海经》"其中《海经》部分，保存神话之资料最多，除《楚辞·天问》，他书均莫与京，为研究神话之入门"。《中国古代神话》一书，从诸子、典籍及各类笔记书籍里引用神话片段，尽力加以适当拼连缀补，可称得上是一番苦心努力。

许多上古神话，仰赖古代的诗人和哲人们的记述而保存下来。像屈原的《离骚》《九歌》《天问》等等，算是诗人的意外功劳。而哲人的意外之功，如袁珂先生所说，除"不语怪力乱神"的孔老夫子的门人弟子所记的《论语》里实在找不出什么以外，其他如像《墨子》《庄子》《韩非子》《吕氏春秋》《淮南子》《列子》等里面都可以找出不少，连《孟子》和《荀子》里也可以找出一些。

不过这样零散的瑰丽，倒也未必全是坏事。它给了后人重新创作与想象的极大空间。今人尚读得津津有味的《封神榜》也未尝不可以视作是这种重新想象的收获。而在今天的网络文学中，以上古神话为蓝本而重新加以想象解释的作品数不胜数。从开天辟地、人族繁衍神话里的盘古、女娲、伏羲，到鸿钧、老子、陆压等各种来历的仙神故事，都成了人们发挥想象力的对象。

《大鱼海棠》，也只是利用了这瑰丽片段开辟的混沌世界的一部分。《庄子》里的鲲，《山海经》里的帝江，《淮南子》与《列仙传》里的赤松子，源头更纷杂的火神祝融、木神句芒……即使在《大鱼海棠》里，这些人与兽、神和妖都还只是徒具其形，或者借用了简单的名字和传说的能力，但依然让人对更广阔的神话世界充满了想象和期待。

或许有一天，从那上古流传而来的神话世界里，真能游出一群群可爱的大鱼。

（2016 年 7 月 30 日）

信里风物远

又到换季时节。

刚过去的周二（8月23日），是农历的处暑节气。虽然立秋早过，但到了处暑节气，在气象上，才一路奔着秋天去了。处暑，大概取的就是"出暑"的意思。暑气到此而止，季节轮替的指针，又往前移了一格。趁着周末，整理屋子，正好为换季做准备，却意外翻出了些旧日的信笺，也翻出了印象里有关书信的话题。

是的，这回，想略作一谈的，其实是书信。

书信也是有换季的。"云中谁寄锦书来",宋代李清照在《一剪梅》里的这句词,或许可以称作对书信极美的想象。新的通信方式在21世纪大规模铺开,纸笔书信的季节也就难以阻挡地逐渐过去了。

在抒情散文领域,围绕书信衰落的主题,最多的就是沿着"云中曾寄锦书"的路子,表达对美好逝去的叹息。对这种变化的怅惘,其实和怀念乡土、怀念童年差不多是同一种情感线索。

手机短信、电子邮件、微博微信拉近了人与人的时空距离,也让纸笔鸿雁不再成为人们远距离沟通的第一选择。但在变化之中,人们总对那些有更久历史、更浓厚"田园风"的东西,有更多的情感偏好,甚至不自觉地去美化它。

单纯从通信方式的变迁去理解,只想象出时代巨轮碾轧一切的情节,讲到书信的换季这回事,难免会陷入那种"无可奈何花落去"的伤感调子里。

其实它并不只是通信方式变化的结果。要体会这点,去读读南北朝时鲍照写给妹妹鲍令晖的家书,或许是比较好的选择。

鲍照是南朝宋时的大诗人。杜甫在天宝年间写《春日忆李白》夸李白时,还拿"俊逸鲍参军"来打比方。这话想来李白也是爱听的。在《赠僧行融》一诗里,李白曾写道:"梁有汤惠休,常从鲍照游。峨眉史怀一,独映陈公出。卓绝二道人,结交凤与麟……"把鲍照与陈子昂一道比作不世出的凤凰与麒麟。

鲍照出身寒门,在讲究士庶之别的南北朝,境遇始终算不上好。但公元439年,应该还算他幸运的一年。这年秋天,他离开建康(今江苏南京),前往江州(今江西九江),到时任江州刺史的临川王刘义庆幕下任职。

后人所说的《登大雷岸与妹书》,就写于这一赴江西的行程中:

"吾自发寒雨,全行日少,加秋潦浩汗,山溪猥至,渡沂无边,险径游历。栈石星饭,结荷水宿。旅客贫辛,波路壮阔,始以今日食时,仅及大雷。涂登千里,日踰十晨。严霜惨节,悲风断肌。去亲为客,如何如何……"

大雷在今安徽境内。从南京出发十多天时,鲍照写信给妹妹，报个平安。家书的第一个段落里，备述出发以来的苦辛：出发以来都是寒雨连绵，路上常碰到山溪猛涨，渡河艰难。行路难，食宿也难，十来天，赶了千把里路，终于是秋风秋雨里的异乡异客了。

但这封家书的不凡之处，却在后面的部分里。他给妹妹讲行旅中所见的风物："东顾五州之隔，西眺九派之分；窥地门之绝景，望天际之孤云……"在这封家书里，鲍照为留在家中的妹妹尽力描摹四方风景——群山连绵，原野辽阔，江水浩荡，庐山气壮。大雷水域里的无尽气象，令人难忘的生物繁育景象，竟通过文字反映了出来。

"家书抵万金"，在这里，绝不仅仅是互通音讯，甚至也不仅仅在于表达了深挚的感情，而在于有足够的耐心与能力去描摹叙述，把自己的所见所感传达到位。

这封家书的另外一个主人公，鲍照的妹妹鲍令晖，则是南朝少数留下了文名的女诗人。《登大雷岸与妹书》的另一重契机，或许正是因为有这样一个能够读懂书信的收信人吧。

这一点，能让人想起史上另一篇著名的书信，三国时曹丕的《与朝歌令吴质书》。曹丕这封问候好友吴质、与好友叙旧的短笺，笔墨自然而然地回忆当年与诸友的交游。其中最令人神往而欲追摹的，正是那份"想起你了，咱们随意聊聊天"的意趣。

同样，那些流传到今的书信中，论学、论世的也不少，恰恰在于他们把精神世界的一部分留在了这些笔墨中。

今天，我们的表达方式已经有了深刻的改变。时间的流速，似乎已经调快了。无论是从耐心还是从语言的储备上来说，都会使人们渐次告别书信原有的风貌。当然，我们也很自然地找到了新的表达方式——照片，表情。它们所能传达的，是另外一些情感的侧面。

书信的季节过去了。而那些有待描摹的风物，照样留在大雷岸边，并不枯寂，也无需人去叹惋。

（2016年8月27日）

能饮一杯无

霜降之后,"秋裤地图"开始流传:哪里是最低气温低于零下10摄氏度棉裤已经登场的,哪里是低于零下5摄氏度秋裤已经上身的,哪里是该预备秋裤的……经霜降之后,不久,就是立冬,该过冬了。事实上,进入11月,不少地方已经经过初雪。搓手哈气的时节,到来了。

该怎么过冬呢?动物界有冬眠。人间当然也有俗语,叫"睡不醒的冬仨月"。寒冷的季节,最要紧的事就是节省能量、保持温暖了。睡眠是最经济的一种。不过，我能想到的更温暖的场景，却是一首诗："绿蚁新醅酒，红泥小火炉。晚来天欲雪，能饮一杯无？"白居易的《问刘十九》，暖不暖？

要是在小雪天气，读起这样一首诗，浅白得让你全无理解的压力，深邃得又像回音追问无穷，如果这时候正好有个朋友上门来，会不会让你觉得世界都暖融融起来？

有种说法，说白居易这首诗作于他在江州司马任上。这一时期，白居易有另一首《刘十九同宿》（时淮寇初破）："红旗破贼非吾事，黄纸除书无我名。唯共嵩阳刘处士，围棋赌酒到天明。"《问刘十九》这首诗里的刘十九，就是和白居易通宵对弈酌酒的嵩阳刘处士。

任江州司马这一段时间，其实是白居易人生的低谷，"同是天涯沦落人，相逢何必曾相识"的《琵琶行》，就是任江州司马这时候所作的。但这个时期，也是他闲适诗产出颇丰的时候。比如，在此期间，他还写过《招东邻》一诗："小榼二升酒，新簟六尺床。能来夜话否，池畔欲秋凉。"应该是夏天天气还热的时候，白居易在池边铺好纳凉的竹席，备好酒，然后写封短笺问邻居朋友："能来夜话否？"

"能来夜话否？""能饮一杯无？"《招东邻》这首诗，名气比《问刘十九》要小得多，但无疑有异曲同工之妙。所以，关键哪里是什么天冷天热，关键是有个可以短笺相邀、围棋赌酒的朋友啊。

发一条讯息，就能唤来老友。"能来夜话否"，还问能来不能来；"能饮一杯无"，就不问能来不能来，直接问这一杯喝不喝了。有这种人情之适意，实在是天热可以降温，天寒可以取暖。

还冷吗？这一刻的白居易应该是不冷的吧。晚来天欲雪，很冷，可是有红泥小火炉，有把酒言欢的朋友，自然是不会冷了。而大雪夜里不但不怕冷，还任性地出行访友的人，也大有人在。我能想起来的，至少有王徽之——书圣王羲之的第五子。

南朝刘义庆的《世说新语》里记载他雪夜访戴逵的

逸事:"王子猷居山阴,夜大雪,眠觉,开室命酌酒。四望皎然,因起彷徨,咏左思《招隐诗》。忽忆戴安道,时戴在剡,即便夜乘小船就之。经宿方至,造门不前而返。人问其故,王曰:'吾本乘兴而行,兴尽而返,何必见戴?'"

《世说新语》把这则故事放在"任诞"门类里,意为任性放纵。大雪之夜,特意乘着小船,从绍兴城里赶一宿路到嵊州去,到了门前却又不告而返,确实够任性、够放纵。不过也不能不承认,按王徽之这真情流露的劲儿,能顶着大雪赶夜路去拜访,也算得上是真朋友了吧——算得上有情自然暖。

王徽之这任诞,其实颇有几分纯真天然的痴劲。说到"痴",这个字,明末的张岱身上也用到过:

"崇祯五年十二月,余住西湖。大雪三日,湖中人鸟声俱绝。是日更定矣,余拏一小舟,拥毳衣炉火,独往湖心亭看雪。雾凇沆砀,天与云与山与水,上下一白。湖上影子,惟长堤一痕、湖心亭一点、与余舟一芥,舟中人两三粒而已。到亭上,有两人铺毡对坐,一童子烧酒炉正沸。见余,大喜曰:'湖中焉得更有此人!'拉余同饮。余强饮三大白而别。问其姓氏,是金陵人,客此。及下船,舟子喃喃曰:'莫说相公痴,更有痴似相公者!'"

这一篇,正是晚明小品名篇《湖心亭看雪》,出自张岱的名作《陶庵梦忆》。大雪三日后,雪停时正冷,独自往湖心亭去看雪,天寒地冻,哪怕"拥毳衣炉火",也难免被船工笑"痴"。不过想不到,湖心亭上居然早有两个金陵客铺毡热酒对饮看雪——又是几个不怕冷的。

晚明的《湖心亭看雪》和王子猷雪夜访戴逵这则晋代故事,常被并举,实在不是什么意外的事。不过,王子猷和戴逵是旧相识,张岱与金陵客,就完全是陌生的天涯同路人了,也是船工眼里的一堆痴人。到湖心亭这里,就该说天涯不孤独、有痴情自然暖了。

有炉火,有热酒,有朋友……那么,就可以等着看雪了。且发一条讯息:"晚来天欲雪,能饮一杯无?"

(2016年11月5日)

"营造"在李庄

仲冬时节,天气日寒。四川宜宾的古镇李庄,上距岷江与金沙江交汇处十多公里,因为正好在长江之畔,水汽充足,寒意越发浓了。

想到1940年冬天,差不多也是在这个时候,林徽因带着家人——她年迈的母亲和一双年幼的儿女——到达李庄。需要这样讲,李庄的林徽因,不是我们在惯见的那些文学与影视作品里所看到的林徽因,既无关"人间四月天",也无涉"太太的客厅"。但这个林徽因,甚至比多年后作为国徽设计者之一的林徽因还值得回顾。或者应该这样讲，如果不了解在李庄及其前后的岁月，那么，后来人所知的林徽因，只是历史被娱乐化了的那部分，只能算是并不紧要的一片碎片。

林徽因在李庄的岁月，其实是被日寇侵华战争改变了人生轨迹。她是作为中国营造学社的一员，从昆明迁往李庄的。这也已经不是她和家人的第一趟逃难路了。他们最初从北平辗转到长沙，又从长沙的空袭废墟里逃往昆明。1940年，日军把注意力放在了昆明，空袭愈加频繁。昆明也无法逗留了。战争的形势日趋严峻，生活在战乱里也愈加艰难。几经波折，林徽因所在的中国营造学社决定去李庄落脚。

有必要说到中国营造学社了。这个主要从事中国古建筑调查与研究的民间学术团体，由曾代理北洋政府国务总理的朱启钤于1930年倡导创办。之所以称"营造"而不用"建筑"，如朱启钤所说："顾以建筑本身虽为吾人所欲研究者最重要之一端，然若专限于建筑本身，则其于全部文化之关系，仍不能彰显。故抉破此范围，而名以'营造学社'，则凡属实质艺术无不包括。"梁思成和林徽因稍后加入学社，为法式部主任与校理。

营造学社是篇大文章，从抗战前到抗战后，它的兴衰成就与参与的人物，许多都值得特意书写。而战乱中，又是不可忽视的一个篇章。在战乱中，人如星火，聚而散，散而聚，明明灭灭。梁思成、林徽因等，可算是营造学社坚韧的象征之一。

因为梁思成行前染病留养，林徽因带着老幼随中央研究院历史语言研究所先行出发。从昆明迁往李庄，翻山越岭，渡河过江，一路艰辛自不待言。幼子梁从诫后来回忆："这条路线，即使今天坐卡车拖儿带女跑一趟，许多人恐怕都吃不消，何况60年前！当年，没有父亲同行，这一路对于身体本来瘦弱的妈妈是怎样的艰苦，我简直难以想象。"

此时，小小的3000多居民的李庄，已容纳了同济大学等文教机构的上万人。镇上及镇外的宫、观等稍成规模的驻所早已纳满了人。营造学社只能在郊外的月亮田找到一个小院落栖身。梁思成之女梁再冰多年后回忆:"我们的生活条件比在昆明时更差了。两间陋室低矮、阴暗、潮湿,竹篾抹泥为墙,顶上席棚是蛇鼠经常出没的地方……我们入川后不到一个月,母亲肺结核症复发,病势来得极猛……从此,母亲就卧床不起了。尽管她稍好时还奋力持家和协助父亲做研究工作,但身体日益衰弱……家中实在无钱可用时,父亲只得到宜宾委托商行去当卖衣物,把派克钢笔、手表等'贵重物品'都'吃'掉了。父亲还常开玩笑地说:把这只表'红烧'了吧!这件衣服可以'清炖'吗?"

人总是向往幸福的,磨难并不是什么好事情。但唯有在磨难中,能见出坚韧。有不得不面对的情况时,是在磨难中沦陷,还是咬牙挺起腰板来,有重要的区分。在那离乱的岁月里,营造学社寥落的同人们,在李庄艰苦的生活中,依然努力做着自己挚爱的工作。梁思成、林徽因和他们值得钦佩的同人们,在月亮田的简陋院落里完成了《中国建筑史》《图像中国建筑史》等一批业内经典著作。

梁思成在写给朋友、美国汉学家费正清夫妇的信里说:"……很难向你描述也是你很难想象的:在菜油灯下,做着孩子的布鞋,购买和烹调便宜的粗食,我们过着我们父辈在他们十几岁时过的生活但又做着现代的工作。……南迁以来,我的办公室人员增加了一倍。而我又不能筹集到比过去两年中所得到的还要多的资金。我的薪水只够我家吃的,但我们为能过上这样的好日子而很满意。我的迷人的病妻因为我们仍能不动摇地干我们的工作而感到高兴。"事实上,营造学社之所以迁往李庄,也是为了利用历史语言研究所的资料继续进行研究工作而不得不作出的选择。

1942年冬天,费正清到李庄探望梁思成、林徽因夫妇。他后来回忆时感慨:"我为我的朋友们继续从事学术研究工作所表现出来的坚韧不拔的精神而深受感动。依我设想,如果美国人处在此种境遇,也许早就抛弃书本,另谋门道,改善生活去了。但是这个曾经接受过高度训练的中国知识界,一面接受了原始纯朴的农民生活,一面继续致力于他们的学术研究事业。

学者所承担的社会职责，已根深蒂固地渗透在社会结构和对个人前途的期望中间。"至抗战胜利时，林徽因又在病痛中写完《现代住宅设计的参考》，在《中国营造学社汇刊》上发表："战后复员时期，房屋将为民生问题中重要问题之一。"

学社在李庄时招考的练习生、后来著名的古建筑学家罗哲文回忆："此时，刘敦桢、陈明达先生已于两年前去了重庆，学社里只剩下梁思成、林徽因、刘致平和莫宗江几位先生……"李庄是这里许多人生命里的"寒冬"，家国遭难，生活艰难，亲友离散甚至牺牲，但他们终于战胜了它，并依然葆有对未来的热情。此时，再回头看当年朱启钤为定名"营造"所作的阐释，尤为让人感慨。一群专业知识分子即使在艰难时局中，对自己的专业工作仍矢志不渝。"在传统的血流中另求新的发展，也成为今日应有的努力"（梁思成《为什么研究中国建筑》），"营造"背后，能够读出太多家国之念。

（2016 年 12 月 10 日）

舒翼文章精选

每个人都是一个传奇

如果要选出近两个多月来京城最受关注的演出,韦伯经典原版音乐剧《剧院魅影》一定名列其中。十多天前,这部音乐剧正式结束了它在京城舞台两个月的驻场演出。两个月里,它在这座城市收获了热烈的反响。"魅影",一个藏在巴黎歌剧院的幽灵,一个戴着面具的音乐天才,因为丑陋的容貌而深深自卑,甚至一步步走向毁灭的深渊。当深情的音乐响起,"魅影"独自吟唱起那告白心声的咏叹调,人们怎能不为这个才华横溢、渴望着爱,却又自卑怯弱的传奇天才和痛苦灵魂而感动、叹息?

舞台下坐着的观众、现实生活里的很多人,大概都有过与"魅影"同样的情感。厌恶自己天生的某种缺陷以及不完美,总纠结并苦恼于自己的平凡,而羡慕甚至嫉妒别人的人生。殊不知,其实每个人本来就是一个传奇。

"传奇"一词,比较早的似见之于晚唐小说集《传奇》,后来"传奇"被认定为一种文体,作为唐人文言小说的通称;在文学史上,常有唐传奇、宋话本、元杂剧、明清小说的说法。到了近代,作家张爱玲更有一本有名的小说集,就叫《传奇》。不过,在唐传奇的篇目里,大多数讲的还是神仙鬼怪的故事,而到了张爱玲这里,所谓的"传奇"便已是芸芸众生、凡夫俗子的悲欢离合了。

所以,真正的传奇是什么呢?是人,是大千世界的每一个人。每一个人的"平凡人生"里,从来不缺少传奇。

讲述平凡人生的传奇,是影视剧里经久不衰的一种题材。譬如20世纪90年代初的一部名为《渴望》的电视剧，就曾引发了万人空巷的收视热潮。而我至今仍记得的，是十多年前一部叫做《空镜子》的电视剧，讲述了关于北京城一个普通家庭里一对姐妹的人生故事。剧集的镜头构成，是马路上川流不息的车辆，是公交站台的等待和聊天，是冬天里划过蓝天的鸽群，是北京的老胡同和四合院，是带着京味儿的人物语言……以至于很长一段时间，我对北京这座城市的部分印象就来源于这部电视剧里所描绘的场景。在如今被神话剧、宫斗剧、偶像剧、谍战剧等各种"年度传奇大戏"统治着的热热闹闹的荧屏上，这样静水深流、朴素动人的剧作不多见了。但可以相信，只要出现了就一定还会赢得观众的喜爱，因为它呈现的是最真实的人，打开的是最饱满的人生。

据说在出版界，当下出现了一个新的出版热点，"素人"出书。即指那些没有任何出书经历、没有任何知名度的作者，向读者们讲述自己的人生经历、人生故事。前两年，《平如美棠——我俩的故事》一书的意外走红便是一例。书中，87岁的饶平如先生画下了他和已去世的妻子毛美棠，从儿时初始到结成夫妻到分居两地到老来相守，携手共度坎坷一生的故事。饶先生只是一个普通的中国人，这本书有关一个普通人的记忆，是最美丽的平凡，却又颇为荡气回肠。

还有一本与之相似的书《乱时候，穷时候》，也引起了很多人的关注。作者姜淑梅奶奶60岁才开始识字，70岁开始学习写作，出版这本书时已经80岁了。她写下自己一生亲身经历的故事——"乱时候"的"济南城的枪炮声"，"穷时候"的"挨饿那两年"，"家里人"的"俺娘""俺爹"……堪称一部"平民中国史"。仔细想来，每个家庭、每个家族里，一定都有这样一位"姜淑梅奶奶"。他们不是离家出走的新青年，不是牺牲生命的英雄，他们进不了历史的辉煌名册，只能作为群像而存在，但，他们代表的却是大时代背景下另一种真实的人生。读了他们的故事，谁说平凡人生就没有传奇？

其实，每一个人本来就是一个传奇。

(2016年1月23日)

好一朵美丽的茉莉花

"他年我若修花史,列作人间第一香。"这是古人咏颂茉莉的诗句。一朵茉莉花,引来多少文人雅士留下赞美的辞章。

在 2016 年的央视春晚舞台上,有一朵"茉莉花"的"绽放"也吸引了人们的眼球。在中国民歌《茉莉花》熟悉的旋律中,舞台上一群素洁美丽的"茉莉仙子"翩然起舞。柔美的中国民族舞蹈与优雅的西方芭蕾舞融合在一起。一把把抖动的折扇如同随风招展的茉莉花瓣,队形的变化和组合则呈现出花朵的盛开与收合,给人以极大的美的享受。难怪有人称之为"今年春晚最好看的舞蹈"。

其实,在登上春晚舞台前,这支中西合璧的《茉莉花》就已有了一定的知名度。它的创意出自辽宁芭蕾舞团,后来,美国亚特兰大一群华裔少女,又将它跳到了国际舞蹈比赛上,获得了总冠军。也正因此,中国民歌《茉莉花》得以插上舞蹈的翅膀,再一次扬名海外。

对中国人来说,"茉莉花"不仅是一种花,更是一曲流传甚广的中国民歌。"好一朵茉莉花,好一朵茉莉花,满园花开香也香不过它;我有心采一朵戴,又怕看花的人儿骂……"表达了一个少女爱花、惜花却又不敢采摘的羞涩心情。

时光倒流 200 年。在 18、19 世纪中西文化交流与碰撞日益增多的背景之下,民歌《茉莉花》走向了海外。具体时间不知,或许更多的是偶然与无意识的结果。但在 1804 年出版的英国人巴罗《中国旅行记》一书中,就收入了中国民歌《茉莉花》,书中有英译歌词,还用五线谱记了谱。巴罗曾于乾隆五十七年至乾隆五十九年(1792—1794)任英国首任驻华大使马戛尔尼伯爵的秘书,正是在这期间他接触到了这首中国民歌。而在同一时代的欧洲将《茉莉花》一曲收入书中的,并非只有巴罗一人。可见,这首中国民歌在当时已经被传播和介绍到了西方。

《茉莉花》的音乐在当时的西方"知名"到何种程度,可以从百余年后即1924年,歌剧大师普契尼鼎鼎有名的作品《图兰朵》中得到印证。这部歌剧虚构了一个美丽而冷酷的中国公主图兰朵以及她的爱情故事,歌剧里就多次采用了中国民歌《茉莉花》的旋律。在一个西方人想象出的中国传奇故事中出现这么一段中国音乐,足以说明这段旋律在当时的知名度。世界对于中国这个遥远而神秘的东方国度的认知,除瓷器、丝绸、茶叶等之外,还有一曲《茉莉花》。

中华人民共和国成立后,这首中国民歌再一次在世界舞台上大放异彩。

在 1959 年举行的第 7 届世界青年与学生和平友谊联欢节上及 1965 年印尼举行的万隆会议 10 周年活动期间，南京军区前线歌舞团分别演唱了这首歌曲。前线歌舞团演唱的是江苏民歌《茉莉花》。事实上，这首中国民歌并不只有一个版本，在很多省份及地区，如东北、河北、江苏等地，都有民歌《茉莉花》。因地域差异、历史和文化背景不同、语言音调的区别，每一地《茉莉花》各有其特点，歌词也略有不同。譬如河北民歌《茉莉花》，音调明快，更具叙述性；东北民歌《茉莉花》，音调夸张、风趣；江苏民歌《茉莉花》，清丽、婉转、柔美、细腻……当中，传播最为广泛、影响最为巨大的当属江苏民歌《茉莉花》。

江苏民歌《茉莉花》，起源于流传在江苏仪征、六合一带民间的《鲜花调》。它的挖掘、整理及传播与一个人有关。1942 年，14 岁的小战士何仿随新四军淮南大众剧团来到江苏六合，在六合金牛山地区从一位民间艺人口中听到了当地甚为流行的《鲜花调》，并记录下了这首歌。后来，何仿将原曲和原词进行了整理，并做了一定的修改，形成了今天我们所听到的江苏民歌《茉莉花》。这首民间小调充满江南风情，彰显出独特的地域文化特点，已成为江苏最具代表性的本土民歌。

茉莉芬芳，香飘四海。

近些年来，随着中国文化"走出去"的步伐加快，中国民歌《茉莉花》越发"走红"，越来越"世界化"，并频频以中国文化的代表性元素亮相在各大重要场合。最有影响的莫过于1997年在中英两国政府香港政权交接仪式现场演奏这首作品，以及与奥运会的结缘——2004年8月雅典奥运会闭幕式上表演的"中国8分钟"、2008年8月北京奥运会颁奖仪式背景音乐中，都使用了民歌《茉莉花》的旋律。

仔细对比又会发现，两次奥运会上出现的《茉莉花》，采用的是歌剧《图兰朵》里的旋律——有意思的是，这一版本与今天人们所听到的中国各省份的《茉莉花》都不一样。相似度较高的是现在流行的江苏民歌版本，但也不完全相同。那么，当年的普契尼到底是如何接触到这首乐曲，接触到的又是流传于哪一个省份和地区、哪一个版本的《茉莉花》？有一种说法是，普契尼从他的一位朋友的八音盒中听到了这首中国乐曲，然后写入了歌剧《图兰朵》中。然而在普契尼所处的时代，他所接触到的只是今天《茉莉花》的"前世"，或许就是《鲜花调》，或许是比《鲜花调》更早的"原版"。这个"原版"是怎样的，对此研究者们各执一词，至今还未形成共识。毕竟，探究民歌的版本和起源不是一件容易的事。但是有一点十分确定，今天我们称之为《茉莉花》的这一段音乐，在百年前、数百年前的中国就已非常流行，并被传播到了西方。

而在某些时候，不同的版本又被融合在一起。比如今年春晚舞蹈《茉莉花》的配乐，就融合了《图兰朵》与江苏民歌两个版本的《茉莉花》，以《图兰朵》版《茉莉花》开场，后半部分则转入江苏民歌版《茉莉花》。这样的融合也许没有多少人注意，却是天衣无缝。

"情味于人最浓处，梦回犹觉鬓边香。"流传数百年的中国民歌《茉莉花》，至今仍散发着芬芳清香，成为中国文化元素走向世界、历久弥新的经典。

好一朵美丽的茉莉花！

(2016年2月20日)

北方的胡同,南方的小巷

我的家乡是江南的一座古城。说到这座城市,人们会想到运河,想到园林,想到美食……然而于我而言,最想念的,却是那些纵横交错的小巷。

小巷,仿佛已成为江南城市的符号。一个没有小巷的城市,大概称不上真正的江南城市。

其实,小巷并非只有南方才有,北方的城市里同样存在,譬如北京。只不过到了北方,不叫"小巷"而叫"胡同",但所指的仍是城市主要街道之间比较小的街道。

北方的胡同,南方的小巷,都是城市的符号。

大街把城市切成一个个方块,如一个个方块字,胡同、小巷就是字的笔画,书写城市的历史。

那些胡同与小巷里有太多故事。每一个胡同名或小巷名的背后,都隐藏着一段历史或传说。作家老舍在其多部作品里就写到过北京的一条小羊圈胡同。"说不定,这个地方在当初或者真是个羊圈,因为它不像一般的北平胡同那样直直的,或略微有一两个弯儿,而是像个葫芦……走了几十步,忽然眼一明,你看见了葫芦的胸……再往前走,又是一个小巷——葫芦的腰。穿过'腰'又是一块空地,比'胸'大着两倍,这便是葫芦的'肚'了。'胸'和'肚'大概就是羊圈吧!"事实上,老舍正是出生于这条胡同,如今,这里已改叫"小杨家胡同"。胡同与小巷,从历史中走来,在岁月里坚守,见证着这座城市的沧桑变迁。

在高楼林立的现代城市,胡同与小巷可谓"大隐隐于市"。任凭外面的世界车水马龙,只要一拐进某处胡同或小巷,浮华的世界就立马隔绝开来,浮躁的心顿时安定下来。胡同和小巷里的日子仿佛很慢，慢得就像停止了一样。家家户户大门紧闭，寂静无声，只有家门口摆放着的一盆盆花花草草，或天台上晾晒的飘扬的衣服，标记着这一方独立世界里仍在前行的静水流深的日子。"这里没有车水马龙，总是安安静静的。偶尔有剃头挑子的'唤头'（像一个大镊子，用铁棒从当中擦过，便发出噌的一声）、磨剪子磨刀的'惊闺'（十几个铁片穿成一串，摇动作声）、算命的盲人（现在早没有了）吹的短笛的声音。这些声音不但不显得喧闹，倒显得胡同里更加安静了。"作家汪曾祺在《胡同文化》中便如此形容。说的虽是北方的胡同，但这样的情形在南方的小巷也是常见的。在巷间走着，偶尔从身后传来丁零零的自行车铃铛声，"栀子花——茉莉花——"的叫卖声，或是一两声远远的犬吠，将人从游走的思绪中拉回。

但，北方的胡同和南方的小巷，分明又是不同的。那些胡同与小巷里活色生香的生活，标记着一个个城市的独特性格。

北方的胡同连着的是四合院、大宅门，走着走着，就瞧见一座王公府邸，红色的外墙、黄色的琉璃瓦，经历了时间的洗礼，却仍彰显着一股皇家气派，主人也许就是百年前的某位皇室成员。而南方的小巷里坐落的是私家别苑，门脸虽不起眼，里面却是庭院深深深几许，门厅、卧室、书房、后花园，粉墙黛瓦，古木修竹……主人多是当年城里某位经商或从文的大户人家。

说起南方的小巷，不少人立刻会想到诗人戴望舒的那首《雨巷》。"撑着油纸伞，独自／彷徨在悠长，悠长／又寂寥的雨巷／我希望逢着／一个丁香一样的／结着愁怨的姑娘……"戴望舒笔下的小巷，曲径深幽，古典婉约，散发着浪漫的气质，只属于江南，与"江南"二字的精神内核最为契合。

到了作家王安忆那里，则将上海这一近代以来江南经济、文化中心的"弄堂"情形描写得淋漓尽致。"最先跳出来的是老式弄堂房顶的老虎天窗，它们在晨雾里有一种精致乖巧的模样，那木框窗扇是细雕细做的；那屋披上的瓦是细工细排的；窗台上花盆里的月季花也是细心细养的……"小说《长恨歌》的开篇,王安忆用了相当篇幅写上海的弄堂。上海人把小巷唤作"弄堂",这些弄堂成了"海派文化"的一面镜子。

而在汪曾祺看来,把北京划分成一个又一个方块的大街、胡同,"不但影响了北京人的生活,也影响了北京人的思想"。相较南方的小巷,北方的胡同横平竖直,让人感受到的是规整、严谨以及气度。

胡同与小巷,从大街延伸开去,从古代延伸至今,如城市的经脉,更如城市的文脉。南北文化的差异,京派文化与海派文化的区别,在这小小的胡同与巷子之间都体现出来了。

而今,胡同与小巷在作为历史遗存的同时,也成了旅游观光的一道风景。不少城市纷纷推出"胡同游""小巷游",一些外地人到了这些城市后,便会按图索骥,一头扎进那些胡同或小巷之中。或是在其间行走漫步,拜访老宅故居,走近那些在历史长卷中留下印记的人物;或是坐上人力车,听车夫讲解有关这座城市的繁华与辉煌,欢乐与安逸,战乱与悲痛,抵抗与不屈……

仔细想来，胡同也好，小巷也罢，人们来到这里到底寻找的是什么？我想，是日常生活的真切面孔，是一座城市的历史和文化，是某种也许不该忘记的情怀与精神。

(2016 年 3 月 26 日)

在这里,珍藏记忆

刚刚过去的 5 月 18 日,是国际博物馆日。1977 年 5 月 18 日,国际博物馆协会设立了第一个国际博物馆日,目的在于促进全球博物馆事业的发展,吸引公众对博物馆事业的关注。而每年的国际博物馆日都会确定一个主题,如"博物馆——沟通文化的桥梁""博物馆与青少年""博物馆和共同遗产""博物馆与记忆",以及今年的主题"博物馆与文化景观"……博物馆,正越来越受到社会和大众的关注。

近些年来,世界各地的博物馆更是发展蓬勃,在数量上和种类上不断增加,博物馆已成为人们生活的重要组成部分。在中国,据不完全统计,仅北京地区就有博物馆近170座,数量位居世界第二,仅次于伦敦;预计到2022年,我国的博物馆总量将超过8000座。这当中,有综合性博物馆,如国家博物馆,各省、市博物馆;还有专门性博物馆,如电影博物馆、航空博物馆、铁道博物馆;有科学类博物馆,还有历史类博物馆、艺术类博物馆;等等。而围绕着博物馆的研究机构和研究人员也在逐渐增多,一些高校甚至开设有独立的博物馆学专业。

可见,不论在广度还是深度上,"博物馆"三个字包含的学问确实是很多的。对于这门学问,大多数人包括我可能都只是门外汉,但是这却丝毫不会影响人们对博物馆的喜爱。我就有这样的一位朋友,每到一处新地方,若是当地有博物馆,第一件事便是到那里看看,足见其热爱程度。我虽然没有他这般痴迷,但记忆里的博物馆之行都是一次次美好的体验,让我难以忘记。

譬如那些颇有特色的博物馆建筑。一直以来，人们往往关注博物馆里有什么，却忽视了许多博物馆的建筑本身也是一件艺术品。有宏大雄伟、气势磅礴者，如北京的故宫博物院，作为中国明清两代的皇家宫殿，这里拥有庞大的中国古代宫殿建筑群，殿宇数量达九千九百九十九间半。傍晚时分，站在故宫后的景山公园最高处万春亭上，可以看到沿中轴线呈左右对称的建筑群，在夕阳的光辉里尤其显得庄严肃穆，一派皇家风范，让人过目难忘。有匠心独运、彰显地域特色者，如地处江南的苏州博物馆，新馆由世界著名建筑大师贝聿铭设计，主打山水园林风格，别具一格，恰到好处地贴合了苏州赫赫有名的园林文化，行走其间，不经意地便会遇到一池潭水、一片修竹、几扇窗格，让人不禁想起拙政园、留园等著名园林里的美景。一些博物馆建筑甚至还被极富想象力地搬上银幕、荧屏，受到奇幻、探险等题材电影的青睐——博物馆历史的古老、空间的开阔、藏品的神奇、众多的未知，为这一类电影提供了再好不过的背景。

再譬如博物馆里举世珍稀的藏品。藏品的数量与级别往往是决定一座博物馆名气大小的最重要原因之一，那些世界著名的博物馆无一不是有着丰富而珍贵的藏品的；而再普通再小的博物馆，若是能有哪怕一件镇馆之宝，分量立刻会增加不少。对于不少初来乍到的参观者来说，最兴奋的事也莫过于去观赏"镇馆之宝"了。我家乡的博物馆中便有一件这样的镇馆之宝。家乡是一个地级市，博物馆的规模并不大，然而镇馆之宝的来头却不小。那是一只元代霁蓝釉白龙纹梅瓶，据说目前全世界仅有寥寥数只，有迹可循的在北京和巴黎各一只，都有残损，只有这一只保存最完好，也最大。至今犹记第一次见到这件精美的珍宝时的感受。线条流畅的瓶身，色泽纯正的蓝釉，尤其是瓶身上那只白色巨龙，造型生动，气势十足，仿佛真的要腾飞了一般。偌大的展厅里，这只小小的瓶子仿佛会发光一样，整个空间因它变得熠熠生辉，以至于后来每次去家乡的博物馆，我都一定要去看看那只瓶子，奇怪的是，看了多少次都不会感到厌倦，而每一次走近它依然会被它的气场所震撼。

又譬如各种形形色色的专门类博物馆。这些专门类博物馆在某一领域的专业程度，资料之全面，设备之齐全，让人大开眼界。在北京你能发现不少此类博物馆。想要了解中国电影的百年历程，近距离接触电影科技，不妨去中国电影博物馆；想要了解铁路发展历史以及火车的种类，不妨去中国铁道博物馆；想要了解戏曲知识及戏曲文化，不妨去戏曲博物馆……在其他城市里，如此大规模的专门类博物馆不多，不过倒是有许多小型的专门类博物馆，也很有趣。曾经去过一个县级市，意想不到的是，小城里竟然有一个专门的自行车博物馆。馆中，既有关于自行车发展历史的图文展览，也有从各国、各地收集而来的各个时期的自行车，从外国的到中国的，从诞生之初的到改进升级后的再到当代的，应有尽有。参观后不由得感叹不虚此行。除自行车博物馆外，有的地方还建立有茶叶博物馆、书信博物馆、年画博物馆、剪纸博物馆……很多想不到的物件，居然都被收集起来并建立了专门的博物馆。谁能想到，在这些小小的物件背后,蕴含着如此深厚的历史和文化内涵。

仔细想来,为什么人们钟情于各种各样的博物馆,为什么博物馆给我们留下了如此美好的记忆?想起英国哲学家弗朗西斯·培根的一句名言:知识就是力量。我想原因就在于,博物馆让人们看到了在人类发展过程中"知识的力量"——那所有悠久的历史、丰富的文化、灿烂的文明,构成了知识的来源。而没有什么能够阻挡人们对历史的思考,对文化的欣赏,对文明的赞叹,对知识的渴求。这条真理,从古至今,从未改变。

(2016年5月21日)

幸福的滋味

"渚闹渔歌响,风和角粽香。"

又一个端午节过去了。对中国人来说,端午节最重要的风俗之一便是吃粽子。然而,偌大的中国,一样的端午,却有着不一样的粽子。大致来看,有以红枣、豆沙等做馅的甜粽子,有以蛋黄、鲜肉等做馅的咸粽子;细分下来,还有北京粽子、广东粽子、嘉兴粽子、闽南粽子等差异。

不同的地域在粽子的花样、味道上存在区别,其实是一件极其正常的事情。这让人不禁想起先前在网上看到的讨论：我们经常吃的豆腐脑，到底是甜的还是咸的？有人回答说是甜的，因为自己从小到大吃的都是甜的豆腐脑，而且从没见过还有咸的豆腐脑；有人却说是咸的，理由正与前者相同。讨论很是热烈。后来，有媒体调查发现，湖南、湖北、广西、广东、福建等省份吃甜豆腐脑，而北京、天津、河北、江苏、浙江、上海等地则吃咸豆腐脑，另外，还有的地方吃辣的豆腐脑。可见，在中国，即使是同一种食物，地域之间的饮食文化差异也是确实存在的，并且差异还相当大。

20世纪90年代，《人民日报》"大地"副刊开设了一个美食栏目《多味斋》，将中华大地上的各种美食网罗于其中。读后发现，这些讨论美食的文章里，便有不少"同题作文"——同样是土豆、大豆等原材料，不同的地方发明出了不同的吃法，真是让人开了眼界。

这种饮食文化的差异，甚至引发了不少争论乃至"口水战"。吃惯了甜豆腐脑的人，无法理解那些吃咸豆腐脑的人，在他们看来，咸豆腐脑一点儿也不好吃,以至于可以用"奇怪""难吃"来形容,他们想不明白,为什么会有人喜欢吃咸豆腐脑呢?反之,亦然。在某些情况下,这样的争论愈演愈烈,双方各执一词,指摘对方。

在我看来,诸如此类的争论并没有什么意义。站在自身立场上评价一项事物,尤其是食物,大概是一种很不明智的举动。这样做忽视了一个重要的事实:一方水土养一方人;一方的特产也必然造就一方的味蕾。这片味蕾,生于斯,长于斯,长久地扎根在这方水土上,于它而言,家乡的味道,是最熟悉的,也是最美味的,打从娘胎里便是如此了。

这个端午,我的微信里就有这样两位朋友,一位发了一条朋友圈说,"终于买到了栗子鲜肉的粽子,很开心",另一位却发了一条朋友圈说,"粽子里有肉和栗子,吃不下,想念白粽子"。将两条微信放在一起来看,很是有意思。两位都是我熟悉的朋友,当然,家乡来自不同的地方,但其口味差异之大、偏爱喜好之鲜明,让我都感到有些诧异了。

家乡的味道对一个人的诱惑力便是如此之大。其中的原因无须解释,也无法解释。于此我自己也有着切身的体会。上个月休假回到家乡,当吃上家乡的美食时,禁不住感慨:还是家乡的美食最可口,还是家乡的味道最熟悉!也吃过很多其他地方的美食,那些美味同样让我难忘,但若说到最适合自己的、自己最爱的,却永远是这一口"家乡味"。这倒是真应了那句俗语——酒是故乡醇,茶是故乡浓,月是故乡明。

诚然,随着人口流动的频繁,越来越多的人离开了家乡,来到另一个地方生活甚至定居。渐渐地,人们以开放的心态改变着自己以适应环境。一个从不吃辣的人变得能够吃辣了,一个从前只吃米饭的人变得能够吃面食了,一个每一餐都离不开馒头的人变得可以接受米饭了。所谓的"入乡随俗"描述的大概正是这样的情形。

但奇怪的是,即便你已经接受并习惯了异乡的味道,对于家乡的味道的渴望却从来不会消逝。这种渴望,是融在血液里、根植于骨髓里、刻在生命里的,就像胎记一样烙在你的心头。这种渴望,是伴随着一种叫"乡愁"的东西而生的,只要还有乡愁,只要还在怀乡,就一定会有这种渴望——难怪有人说,乡愁就是家乡的味道。无论走到哪里,都总会想念和牵挂着家乡的味道;无论走得多远,一想到家乡的味道,就总是"馋"得很。离开家乡、出门已久的人,若是能吃到一口正宗的家乡味,又该是一件多么幸福的事情。

所以,对于每一个离家在外的人来说,幸福是什么?答案也许有很多。但有一条却是可以肯定的——有时候,幸福其实很简单,幸福就是能吃到或是板栗鲜肉粽子或是白粽子,幸福就是能吃到热腾腾的馒头、新鲜的海鲜、滑溜的米粉、飘香的辣椒……家乡的味道,就是幸福的滋味。

(2016年6月18日)

赴一场与荷花的约会

七月荷花香。前段日子出差去福建上杭,没想到竟意外邂逅了一大片荷塘。满眼的碧绿和那点缀在其中的粉红,于南方大地青山绵延的背景中,真如同一首田园诗、一幅水墨画。此番偶遇,让我念念难忘。

中国人讲究"随时令而动",一年中不同的季节做不同的事:春天万物复苏,是出门踏青的好时节;秋天秋风萧萧,最适合登高并望远;冬天雪花漫天,此时又怎能错过看一场雪。那么夏天呢?灼灼烈日之下,估计愿意走出去做的事儿不多，但赏荷，却是一直受到人们喜爱的夏天的一大乐事。

中国与荷花有关的胜景不少，可以赏荷的佳处也很多。有大名鼎鼎的河北白洋淀、山东微山湖、杭州西湖、北京后海……这些地方的荷花早已名扬大江南北，吸引着众多游人专门去观赏。然而，千万不要以为赏荷佳处只有这几处，事实上举凡有水的地方，荷花总能造出一片美丽的风景。比如我所熟悉的苏北里下河地区，这片我出生并成长的土地上，河网密布，每逢夏日，乡间的荷花便会如约盛开，这块小小的地方也是远近闻名的"荷乡"。偌大的中国，这样的"荷景"数不胜数，有的虽进入不了"著名景点"之列，却一定在方圆百里内名声赫赫，是周边十里八乡人眼里的一处绝好风光。

荷花所指的植物种类是睡莲科莲属的荷花，古人很早就体会到了荷花之美以及赏荷所带来的美妙感受，并且毫不掩饰自己对荷花的喜爱。这从大量的古诗词中可以看出。譬如那首汉朝乐府"江南可采莲，莲叶何田田"，描述了在茂盛的莲叶间采莲之乐趣；又如南宋诗人杨万里的名句"接天莲叶无穷碧，映日荷花别样红"，道出了荷花之美在于色彩的映衬，在于成片的气势而非一枝独秀；最直接表达这种喜爱之情的，莫过于宋人周敦颐的那篇《爱莲说》，直接以"爱莲"二字写入篇名，并在"晋陶渊明独爱菊。自李唐来，世人盛爱牡丹"的世风之下，说出"予独爱莲之出淤泥而不染，濯清涟而不妖，中通外直，不蔓不枝，香远益清，亭亭净植，可远观而不可亵玩焉"。除此之外，荷花还是传统国画的重要题材，在中国绘画史上，以荷花为主要内容的历代国画精品不在少数。到了近现代，这种热爱仍然在延续，在现代作家朱自清的名篇《荷塘月色》中，清华园里月色下的荷塘美景被展现得淋漓尽致。说起来，自古以来入诗、入文、入画的植物不在少数，但是能像荷花这样留下这么多经典作品的，大概不是很多。

看来，荷花之所以能得到文人雅士的喜爱，一是因为美好的外形，其姿态的优雅与古典、颜色的淡雅与清新，给人以美的享受；二是因为所附着的象征意义，亭亭玉立，卓尔不群，有如谦谦君子一般，出淤泥而不染，正如周敦颐所说："莲，花之君子者也。"除此之外，我以为，人们喜爱荷花还有一个重要原因，便是荷花的同生产品——藕和莲子。

荷花的种类很多，仅传统品种就有200个以上。在家乡的百亩荷田，我却只是看到白色的荷花，难得看到有几朵红色或者粉红色的荷花。听老农说，长藕的荷花大多是白色的。这一类荷花，不追求眼前的灿烂，默默地在地下孕育着藕。有人以为藕是荷花的根，其实藕是荷花的地下根状茎。藕与莲子都有很高的药用价值，而藕，更成为人们的日常菜品之一。我惊讶于"荷乡人"能将藕做出那么多种花样，每一种都是那么美味，有的更是极具地域特色，往往独此一地才有。譬如在我上大学的江城，家家户户都很擅长一道菜——排骨莲藕汤，就连大学的食堂里每天都会供应；当地饭店也都有这么一道招牌菜——藕带，或是凉拌或是清炒。说来有趣，在去那座城市之前，我从未见过藕带，也没有听说过这个名字，尽管出生的地方也是藕的产地,从小吃惯了藕的我,却从未见识过此物。原来,藕带是莲的根茎嫩芽,入菜清香、鲜嫩,湖北、安徽等地最爱食用此物。而在苏北里下河一带,藕的做法则主要有桂花糯米藕——将糯米灌在藕的孔中,配以桂花、冰糖等一起熬制;藕粉圆——以藕粉为外皮,以腌渍的糖油丁、金橘饼、桂花、枣泥等做成馅心;蜜饯捶藕——在藕孔内塞满糯米,蒸熟后撒上干小粉捶扁,反复蒸捶十余次,再以鸡蛋糊、桂花卤、蜂蜜、熟荤油等上笼蒸,并加上青梅、金橘饼、蜜饯、橘片等配料;还有藕饼,这是需要用专门的圆盆状的"藕擦子"的,待将藕擦成茸末状后,与糯米面搅和做成圆饼,再放入油锅中煎炸,吃在嘴里,绵柔、清甜,把心都融化了。

一花一世界。在荷花的世界里,有古典中国的审美趣味,有古今君子的人格追求,有源远流长的"民以食为天"的观念……这个世界广博而丰富。然而天地间,又何止这一种花、这一种物?每一个世界,其实都值得我们去好好琢磨和探索。

正是七月风荷举。这个夏天,不妨去赴一场与荷花的约会。

(2016 年 7 月 16 日)

师　说

"古之学者必有师。师者，所以传道授业解惑也。""无贵无贱，无长无少，道之所存，师之所存也。"

又是一个9月。2016年9月10日，是第32个教师节。在这个以师为名的节日里，看着微信、微博被纪念教师节的各种内容刷屏，不禁想起了一代"文圣"韩愈这篇著名的《师说》。

唐德宗贞元十八年（公元802年），35岁的韩愈，刚由洛阳闲居进入国子监，做了一个从七品的学官。

其位虽卑，但韩愈"奋不顾流俗"，写下《师说》。在他看来，老师，是用来传授道理、讲授学业、解答疑难问题的。无论是地位显贵还是低下，无论是年长还是年少，道所存在的地方，就是老师所存在的地方。

时隔1200多年，再读韩愈的《师说》，仍令人有所感悟。于是，也来说说与教师这一职业有关的事情。

随着社会分工越来越细化，各种各样的新职业层出不穷。教师，大概可以算是最古老、最普及，同时与人们的生活联系最紧密的职业之一了。教师这一职业最早诞生于何时，现在已经很难考证了。但是可以肯定的是，很早就出现了这一行当（也许当时还没有"职业化"），并一直延续到了今天，发展成为一种较为普及、从业者众多的职业。对任何一个受过教育的人来说，在他的成长过程中一定离不开老师，从幼儿园到小学到中学再到大学。而每个人的亲朋好友里面，也总会有从事教师这个职业的人。

在中国和西方的文化传统里，老师都有着很高的地位。在中国，从由古至今的种种称谓上就可看出。有诸如先生、夫子这样的尊称，也有用培育花朵的辛勤园丁、燃烧自己照亮别人的蜡烛、润物无声大爱无私的春雨等比喻来代指教师的，无一不饱含赞美之意。有着五千年文明的中国也有着悠久的尊师传统，古代典籍里不乏这方面的记载，《吕氏春秋·尊师》中就有云："生则谨养，死则敬祭，此尊师之道也。"俨然与对待至亲之道已没有区别。

这种对老师的尊重，以至在整个社会中，以他人为师的风气自然会受到赞扬。正所谓"三人行，必有我师焉"。此处的"师"，已超出了一般意义上"老师"的含义，而是扩大到所有比自己优秀、能够教导自己的人——他们，都可以成为自己的老师。所以，韩愈在他的那篇《师说》中，便感叹当时社会上"师道之不传""耻学于师"的现象，而赞美"其出人也远矣，犹且从师而问焉"的"古之圣人"。

教师节的设立则源于1985年。第六届全国人大常委会第九次会议上，决定将每年的9月10日定为教师节。从此，中国的老师们有了自己的节日。当年的9

月10日就是中国第一个教师节。事实上,设立了专门节日的职业并不只有教师,但是相较来说,教师节的知名度和影响力,应该是比较大的了。

那么,老师为何会得到如此之多的尊重?我想,不仅仅是因为他们传道、授业、解惑,更重要的是其在"教书"之外的"育人"。所谓"为人师表",老师的为人会成为学生的表率,它将在很大程度上引导着学生成为一个什么样的人。换句话说,老师对于一个人的成长可谓影响深远,甚至能够改变一个人的人生道路。

在历史学家何兆武先生的《上学记》一书里,我便读到了这样的故事。何先生回忆起自己20世纪三四十年代于西南联大读书时期的生活,老师们多是名声赫赫的大师,"讲课是绝对自由""各讲各的见解",而学生"不一定非要同意老师的观点""而且可以公开反对"……这种气氛也为他后来走上学术研究道路奠定了基础。正如葛兆光先生在本书的序《那一代中国知识分子的幸福和自由》里所说:"这些我们文史领域的人耳熟能详的学者,就活生生地出现在我们眼前,为我们重构了那一代学术和文化的历史，也为我们重建了何先生求学时代的文化环境，让我们知道何先生是在什么样的历史中成为知识分子的。"

古今中外的历史上从来不缺少好的老师。在中国，最有名、最伟大的老师大概非孔子莫属了。孔子是儒家学说的创立者，在后来的历史进程中，儒家文化一直深刻地影响着中国。而说到西方历史上大名鼎鼎的老师，自然也是很多的。在我看来，最值得一说的是苏格拉底、柏拉图和亚里士多德三人。这三位都是古希腊伟大的哲学家，被称为"希腊三贤"。三人之间，苏格拉底是柏拉图的老师，柏拉图是亚里士多德的老师，师徒三代，承续接力，为西方哲学的发展做出了重要的贡献，他们的故事，早已成为历史上的一段佳话。

我也遇到过许多好的老师。大学毕业时，我的一位老师说过的一句话，让我至今记忆犹新——在她成为老师的第一天，她的老师对她说：无论从事哪种职业，做什么工作，首先得学会做人。此刻想起这句话，深以为然。我想，正是有了这些无怨无悔、无私奉献的老师的存在，才有"道"的弘扬、"道"的存在，化用韩愈老先生一句话，"师之所存，道之所存也"。

(2016年9月17日)

玉　语

我拿起一块和田玉,攥在手里,想到了英国作家吉米·哈利的一本书《万物有灵且美》,这本书讲述的是作者在约克郡乡间所遇到的美好的自然、温馨的人及可爱的动物。在作者眼里,万物充满灵性,并且是美丽的。

"万物有灵且美。"——我很喜欢这句话。我相信,正因为万物有灵且美,所以,万物也有自己的语言。大自然中的万物充满灵性的一种表现,正是他们有自己特殊的语言。花儿有花儿的语言,草木有草木之语。

此刻,我在新疆和田,手里拿着的这块玉,也有着它的语言。

那么,玉语又在诉说着什么呢?

从玉语中,我读到了天地之精华。汉代许慎《说文解字》中说:"玉,石之美者。"从地质学上看,玉是美丽的矿石。譬如和田玉,是指分布于中国昆仑山、由镁质大理岩与中酸性岩浆接触交代而形成的玉矿。所以说,玉是大自然的杰作。产自大山中,经历过山体的碰撞、河流的冲击、日月的照耀、风霜雨雪的锤炼,在天与地之精华的熏陶下,这"美丽的石头"方可最终形成。小说《红楼梦》里,贾宝玉出生时所衔着的那块"通灵宝玉",传说就是女娲补天时剩下的一块石头,日积月累中吸收天地之精华,最后变成了一块美玉。而被看作玉中上品的和田玉,出自中华文化中有"万山之祖"之名的昆仑山脉,经历了玉龙喀什河的千年冲刷打磨。正是在神山的怀抱里,在灵水的滋养下,山水合一,才孕育出了优质的和田美玉。

从玉语中，我追溯着时间和历史。玉，经过千万年的自然演化而成，是时间的产物，是古老的象征。一块玉里，蕴含着逝去的时间；一块玉里，所有的皮色、沁色甚至裂纹等，都是岁月的留痕，由时光雕刻而成。人们从一块玉中感受着时间，也从一块玉中走进一段历史。在今天的出土文物里，玉所占的比例相当高，透过玉，人们发现一个时代的社会内涵。

事实上，聪明的中国人很早就认识到了这种自然物质的价值，将它们打造成了各种器具，或是在日常生活中使用，或是用来佩戴以装饰自己。今年上半年在首都博物馆举行的"纪念殷墟妇好墓考古发掘40周年特展"上，所展出的出土于殷墟妇好墓的各种玉器，数量之多、工艺之精美，让人惊叹。这些玉器大部分是和田玉，包括礼器、仪仗、工具、生活用具、装饰品和杂器六类，成为人们考察商代社会的文化及生活面貌的重要依据。

从玉语中，我寻找着文明的足迹。人们都知道举世闻名的"丝绸之路"，但却少有人知道还有一条"玉石之路"。有专家通过多方考证推测，在东西方文化交流中，玉石贸易占有重要地位，我国边疆和中原、东方和西方的文化与商贸交流最早的媒介，正是玉器，"玉石之路"就是"丝绸之路"的前身。而和田，不仅是"丝绸之路"南路上的重镇，更是"玉石之路"的中心。所谓"于阗采玉人，淘玉出玉河"，于阗即和田的古称，不难想象，千百年前的和田该是怎样一番热闹的场景，因为玉石，各色人种穿梭来往于此，不同文化在这里碰撞、交流。时光流转，沧海桑田。而今，精绝国、戎卢国、扜弥国、渠勒国等已被浩瀚的沙漠吞噬，繁荣的城镇淹没在了塔克拉玛干的沙海中，精美的塔寺也只剩下了残垣断壁，但是，这片土地上一处处珍稀的遗址，以及大量珍贵的考古发现，分明在向今天的人们展示着昨日文明的辉煌。

从玉语中，我品味着传统文化之美。冰清玉洁、玉树琼枝、金枝玉叶、小家碧玉、怜香惜玉、珠圆玉润……在中国传统文化里，大概很少有这么多的成语与一种物质有关。汉字中，斜玉旁的字数量繁多，珏、环、珂、琳、琦、珺、瑜、瑶、璇、瑾、璐……它们大多数都和玉有关。

可见，古人是多么欣赏玉，又是多么偏爱玉啊。

这也难怪，因为玉所具备的品质与中国传统文化中所推崇的品格是那样地契合。玉是温润的，宁静的，平和的，精致的，典雅的……充满了中国式的美丽，彰显着东方美学的韵味。于是，由玉而延伸，有"宁为玉碎"的爱国民族气节，"化干戈为玉帛"的团结友爱风尚，"白璧无瑕"的完美品德境界，"艰难玉成"的不断进取精神，就连古人理想的人格，也是追求"君子温润如玉"的气质风度和内涵修养。常言道：玉不琢，不成器。玉，往往以玉器的形式与人类发生紧密的联系，而从玉到玉器，又在另一个维度上体现了大国工匠精神——玉刻工艺之美。

"玉不自言人尽知，那曾隔璞待识之。"玉会语吗？其实，玉不语。玉不语吗？听，玉的灵魂在语。

在新疆和田，无时无刻不与玉相遇。于是，我读玉语，却发现怎么也读不完。玉语是博大的，博大到包罗万象；玉语是精深的，精深到意韵无穷。因为，玉蕴含的是美，是历史，是文化，是文明——而这些，不正是人们永恒的精神探索和不灭的精神追求吗？作家范小青《说玉》一文中说得好："玉是一种物质，更是一种精神，它存在于现实中，更存在于人的心灵间。"

玉之语，其实全在于人们对于玉的解读和认识。

玉之语，人之语。

(2016年10月8日)

一个人，一座城

前些日子，正值京城举办"南方戏曲演出季"，家乡的扬剧也名列其中，演出了大型新编历史剧《不破之城》。该剧取材于明末史可法镇守扬州的故事。讲述的是公元1645年，清兵南下，欲取江南，时任南明兵部尚书的史可法镇守扬州，在诸镇不救、朝廷不援的绝境下，终因兵力悬殊，七日城破。城虽已失守，然而面对清兵的刀斧，史可法与扬州军民誓死不屈，慷慨赴死，铸就了一座精神气节的"不破之城"。

当舞台上的乡音乡曲响起,我仿佛回到了那座熟悉的古城。在我看来,《不破之城》讲述的就是一个人与一座城之间的故事。很多城,大概都有这样的一个人,书写了这座城的一段历史,塑造了这座城的一种品格。

正如史可法与扬州城。

对于《不破之城》里讲述的被困孤城、殉难扬州一事,《明史》中这样记载史可法:"悯国步多艰,忠义奋发,提兵江浒,以当南北之冲,四镇棋布,联络声援,力图兴复。然而天方降割,权臣掣肘于内,悍将跋扈于外,遂致兵顿饷竭,疆圉日蹙,孤城不保,志决身歼,亦可悲矣!"也正是守城之举,让史可法名垂千古,流芳百世。

大敌当前的危急关头,《不破之城》剧里,史可法阵前号令:"三千人马,一千迎敌,一千内守,一千外巡。上阵不利,守城!守城不利,巷战!巷战不利,短接!短接不利,殉国!"剧外,371年前的那场刀光血影里,史可法挺身而出:"我史督师也!"当时与史可法共殉国难、姓名可考者,有文官18人,武将皆巷战亡,士卒义民奋战捐躯者不计其数。誓死守城的史可法，将仁爱悲悯的胸怀、舍生取义的气节，注入了这座城。有形的城池虽被破，但史可法的精神让这座城成为一座不破的气节之城。

死守扬州城的史可法，曾留下遗言："我死，当葬梅花岭上。"梅花岭位于扬州城北广储门外，明代万历年间，当时的地方官疏浚河流，积土成丘，丘上植梅，因此得名。史可法殉难后，其副将史德威寻遗体不得，于是葬其衣冠于梅花岭。梅花岭，从此成为许多文人志士仰望的精神高地。清初作家孔尚任感叹："梅枯岭亦倾，人来立脚叹。岭下水滔滔，将军衣冠烂。"他将史公写进了那部名作《桃花扇》。清初著名诗人、曾任扬州推官的王渔洋前来拜墓，吟出"梅花岭外夕阳时，步屧重来有所思""萧瑟西风松柏树，春来犹发向南枝"。特别值得一提的是，当"中华民族到了最危险的时候"，《义勇军进行曲》的词作者田汉来到这里，写下《梅花岭访史可法墓》："江潮如吼打孤城，百世犹闻杀敌声。今日倾危如昔日，梅花岭上访先生。"

今天读来,仍振聋发聩。

史可法衣冠墓及后世所建的史公祠,如今已成为史可法纪念馆的一部分。纪念馆门前,是一条狭窄而幽静的小路,人们从这里经过,一眼就可以看到正对着大门的飨堂中央的史可法像。那是1985年为了纪念史可法殉难340周年而塑。远远望去,史公身穿官服,正襟危坐,虽看不清具体眉眼,却丝毫不减庄严肃穆,让人不由得心生敬重。飨堂门前两边,悬挂着清代张尔荩所撰名联:"数点梅花亡国泪,二分明月故臣心。"——唐代徐凝曾有"天下三分明月夜,二分无赖是扬州"的诗句。在所有纪念史可法的言辞中,最打动我的就是这两句。从中读出的,是史可法的选择、担当、道义、悲悯……与杜甫名句"三顾频烦天下计,两朝开济老臣心。出师未捷身先死,长使英雄泪满襟"一样令人慨叹。

对扬州人来说,史可法这个名字可谓妇孺皆知。扬州人对史可法是怀有一份特殊的感情的。朱自清先生说"我是扬州人"。其子朱乔森在《我的父亲朱自清》一文中这样写道:"父亲十二三岁的时候,由于陪祖父养病,有一年多住在扬州的'史公祠'里。在这里,他多次听到史可法英勇领导扬州人民据守孤城、城陷身殉、宁死不屈的历史故事。父亲对这位民族英雄十分景仰,直到在中学读书那几年,他还常到扬州城外的梅花岭去凭吊史可法的衣冠冢。父亲写过多首凭吊的诗歌,可惜都已经散佚。他认为在列强蚕食、外寇侵入的危急存亡之秋,史可法的民族气节,是特别应当成为楷模的。"

史可法,这位誓与扬州城共存亡的英雄,扬州人一直没有忘记他。扬州西门遗址展厅里,展示着史可法亲守西门、奋勇杀敌的壮烈事迹;史公祠所在的城北,有一条路被命名为"史可法路";老城区有个名叫集贤庄的地方,原先叫系马桩,传说是史可法镇守西门时曾经系马于此……在扬州,史可法的故事被许多文人多次书写,当地的孩子也是听着史可法的故事长大的;每天,还有不少人前去史可法纪念馆参观。于我而言,每当从纪念馆门前经过,远远地看见端坐在其间的史公像,心中总会有一种由衷的感动与敬仰。

"三百年来土一丘,史公遗奈满扬州。二分明月千行泪,并作梅花岭上秋。"这是郁达夫先生写下的诗句。诚如斯言,史公虽逝,但他的人格和精神,会世世代代照亮这座城,永远照亮历史的天空。

(2016 年 11 月 19 日)

时间走过,记忆留下

又是一年日历快要翻完,又有许多日子成为记忆。

前几日去一家书店,赫然看到入口处最醒目的位置上,放着几本小小的花花绿绿的"书",走近一看才发现,原来是几本日历。是啊,新的一年即将到来,又到了新一年日历上市的时候了。忍不住感慨,如今的日历越来越别致,就像是一本本精美的书。果然,在海报的介绍中,便直接称呼它们为"日历书"。

在这些"日历书"中,我曾接触到的、印象最深的是《故宫日历》。小型字典一般大小的册子,每天一页,页面正中的日序、节气、传统节日等文字,从古代碑拓中辑得;背面则是书画、器物等各种文物的图片,并附有介绍。后来我了解到,早在70多年前,就已经出版过这种放到今天仍然很有意思的"文化创意产品"。工作人员在整理、研究故宫藏品的同时,也通过出版物向公众介绍故宫藏品,传播中华文化。

其实,再往前追溯,日历的历史更为悠久。我国大约在四千多年以前就有了历法,殷代的甲骨历,乃是人类最古老的历书实物。而真正日历的产生,大约在一千多年前的唐顺宗永贞元年,皇宫中使用皇历记载国家、宫廷大事和皇帝的言行,一天一页。发展到后来,就把月日、干支、节令等内容事先写在上面,下部空白处留待记事,和今天的日历颇为相似。这些日历,以后都成为了史官编写国史的依据。

古人的智慧令人佩服,而今人一样动足了脑筋。比如,现在的《故宫日历》就在腰封上印有微信二维码,购买者可扫描二维码关注微信公众号，了解更多藏品内容。除了《故宫日历》，还有许多其他主题和内容的"日历书"，如《诗词日历》《古都之美日历》《红楼梦日历》《萌宠日历》等，令人眼花缭乱。

这让我想到了从小到大所见过的形形色色的日历。印象里比较常见的日历，大约与老版《新华字典》相同大小与厚度，每天一页，上面还写着当天的"宜"和"忌"，很有老黄历的感觉，不少人家将其挂在墙上，过去一天，便将当天的那一页撕去。后来，流行起了挂历，海报一般大小，每月一张，上面多是各地风景等美图，挂在家里颇为打眼，在那并不富裕的年代里，往往起到了装饰画的作用。接着又有了台历，这种日历比较适合在办公室工作的人群，当中有些制作得相当精美，木质底座还配有便笺纸和圆珠笔，成为办公桌上的一道风景。随着科技的发展，又出现了使用液晶屏的电子日历，刚刚兴起时也盛行了一段时日，但是随着手机开始普及，由于手机上大多都有日历功能，于是电子日历便渐渐退出了人们的视野。现在，还有一些更与众不同的，我就曾在网上看到做成了工艺品的日历，既可当笔筒，也可做花瓶，还可以用作烛台，让人不得不佩服设计者的想象力。

日历的变化，反映着人们审美品位的改变，体现着科技日新月异的进步，更反映着时代的变迁。

虽说日历在外观上不断地进行着改变，但是对于人们来说，日历的美观性应当只是其次，功能性仍然在首位。毋庸置疑，日历是用来看日期的，在我眼里，它还有另一个作用，便是记录事件。参加工作之前，我自己从来没有使用过日历，总觉得知道今天是几月几日、星期几就可以了，在桌上放上一本日历，既麻烦又浪费。但是工作了之后，却养成了每年都要在办公桌上放着一本日历的习惯。在某一天的下面，写上当天需要做的事情，工作上的、生活上的，这样一抬眼便可看见，提醒着自己不要忘记。其实不只是我，不少人都有在日历上记事的习惯。不同的人，在日历上记录的内容也都不同，有些甚而会在日历上记下当天个人或家庭的经济支出、收看的天气预报情况等。就这样，一天天的日子，便在手下、笔间、眼前和说话间流走，日历上的空格，却渐渐地被填满了。

前段日子看到一篇文章，题为《保持生活的仪式感》。文中说到，茶道、搜集老唱片、讲究书籍的装帧设计，甚至去迎接每年的第一场雪，都是生活的仪式感的体现。在我看来，日历这样一个不起眼的物品，也给人们带来着生活的仪式感。每天，看一看日历上记下的当天需做的事，再在后面的日子里写下新的事，仿佛是一个有条不紊的仪式。到了一年结束的时候，收起一本写满了事项的旧日历，拿出一本新日历，当翻到空白而有待写满的第一页时，仿佛又是一个仪式——告别沉甸甸的昨天，开始有着一切可能的今天。

一年的日子即将过完，我也已经早早准备好了明年的日历。虽然手机上的万年历使用起来极其方便，但是我还是会买上一本日历，不用繁复，能够简简单单地支在桌上或挂在墙上就好。于我而言，日历，是那些已经走过的时间所留下的印记，让我因此怀有一份踏实的感觉。

时间走过,记忆留下。我珍惜每一页日历,更珍惜生命中每一页翻过的和即将到来的日子。

(2016 年 12 月 24 日)

贾飞黄文章精选

南腔北调各种"侉"

对漂泊在外的游子而言,"思乡"往往是一种心痛而徒劳的体验:家乡亲人不得见,家乡风物空余念。何以解忧?一是吃,于餐馆或网购,以家乡风味祭五脏庙;二是听听熟悉的乡音,聊以慰怀,若在古时需满城寻觅家乡戏班,今天则不必如此麻烦,打开电视、走进影院,自有方言乡音扑面而来。

这也正合了中国"疆域辽阔"的两大具体表现:其一是菜系多小吃多;其二则是方言多,不仅多,而且并非单纯的口音或词汇上的区别,而是有着本质上的丰富性。究其意义,诸如丰富了文化宝库、提供了珍贵语素云云,都是学者们需要操心的事,普通人只觉得新奇博大、妙趣无穷。只是方言乡音落到书面上却是大同小异,"眼见为虚,耳听为实",难得其妙处之万一。直到近代摄像技术的传入发展,再到广播、电影、电视的普及,人们这才能够摆脱"书同文"的桎梏,让千差万别的乡音真正传遍大江南北。由此观之,电影电视正是令方言传播乃至焕发生命力的重要倚靠。

电视在中国城市的普及,大概是在20世纪90年代前后,彼时荧幕上最"大牌"的乡音,自然要数革命题材作品中各位开国元勋、革命领袖的口音了。南腔北调,济济一堂,倒也正好体现了"四海之内皆同志"的历史事实和革命豪情。对北方观众而言,恐怕是早年在东北生活过的周恩来的口音最好辨认,邓小平的四川方言则多半要靠字幕。而最让人印象深刻的,当然要数毛泽东一口浓重的湖南口音,再用这样的口音说上两句"辣子""红烧肉",一个充满烟火气的伟人形象一下子就呼之欲出了。观众们用一句时下的流行语讲也是"不明觉厉",虽然听不太懂,但一样津津乐道。证据就是,有相当长一段时间,"模仿伟人口音"成了各大电视台晚会常演不衰的必备节目。后来据说是因为一纸文件,一夜之间荧幕上的伟人们都操起了标准的普通话,这下倒是不用"不明觉厉"了,但又总觉得像吃饺子没有醋一样,缺了点儿什么决定性的旁枝末节。

伟人要讲普通话,但地方电视台依旧还能看到用当地方言拍摄的影视作品,印象最为深刻的是一部四川话拍摄的电视剧《傻儿司令》,讲的是抗战时期一位憨头憨脑的川军将领的传奇故事,其中的四川方言对白几乎一句都听不懂,但单单声调和用词就已经令人捧腹,彼时我未曾到过川地,也未曾认识一个四川人,却因这部剧留下了"川人幽默"的深刻印象。

某种程度上讲,《傻儿司令》是一个缩影,代表着方言之于影视剧,除真实性之外的另一层意义——喜剧性。2006年,出现了一个"方言幽默"的小高潮,那就是宁浩执导的电影《疯狂的石头》。这部电影里，出现了包括重庆话、河北话、山东话、天津话、粤语、闽南话等好几种方言——实际上，主要角色几乎就没有说普通话的——这全国各地方言的洋洋大观，碰撞出无数令人捧腹的笑料，经由院线的传播和互联网的放大，一下子成了全国人民茶余饭后的话题，"顶你个肺啊"也成了当年的热词。实际上，到2006年，互联网的发展程度已经足以成为方言传播的重要渠道，只是缺乏一个聚集注意力的热点话题，《疯狂的石头》适时出现，充当了这个"起爆点"。同年开播的电视喜剧《武林外传》里面也有不少操着一口方言的角色，陕西话、天津话、东北话，不一而足，只是其"方言化"终究没有《疯狂的石头》来得彻底。从那以后，涉及方言的影视作品越来越多，不胜枚举，虽然也伴随着种种争论，但到今天这影像中的南腔北调，也依然没有断绝。

讲了半天"全国大势"，接下来我要抖点私货。我是辽宁人，所以大家应该猜得到我想要说什么。从小品到电视剧到电影，近些年东北话在影视圈中也算出了不少风头。其实《刘老根》刚刚席卷全国时，我对剧中东北话的演绎还颇有微词，觉得有些过分夸张，真正的东北人说话哪有那么"侉"。及至后来在外漂泊日久，听惯了满耳朵的普通话，某一年回老家，坐在动车上听一车的东北腔，这才猛地发现：真实的东北人说话，确实挺"侉"的……

"侉"归"侉"，这也就是东北人自己自嘲一下，要是外人来说东北话"侉"，恐怕就要有一番"你瞅啥"的"血雨腥风"了。实际上，我这些年见到的各地的人，对自己的乡音也好，家乡的风物也好，大抵都是这样一个态度：自己可以嫌弃，家乡人可以嫌弃，但却容不得外人嫌弃。有些人把这种心态归结为"狭隘的地域主义"，我倒是颇不以为然，因为人正是经由确认生活的环境而确认自身，"儿不嫌母丑"也好，爱家乡也好，爱国也好，终究都是一种自我认可，乃是朴素的人之常情，实在不需要高高在上地去批判一番。而且在这全球化、信息化飞速发展的当下，并不能以沟通效率见长的各种方言乡音，还能在生活中存在多久、在影像中存在多久，都是未知数，珍惜尚且不及，就更没有嫌弃的道理了——就像我此刻，暗自咀嚼着那些恐怕鬓毛衰时仍不改的乡音，脸上不由得也漾起敝帚自珍的笑意，一种情感充盈在胸，叫作：老稀罕了。

(2016 年 1 月 9 日)

美猴王,姓章又姓万

猴年,谁是中国"第一猴"?孙悟空。姓孙,猢"狲"的同音字"孙"。

孙悟空,出自《西游记》,按通常的说法,作者是吴承恩,所以孙悟空又应该姓吴。但吴承恩的小说里孙悟空长什么样?"七高八低孤拐脸,两只黄眼睛,一个磕额头,獠牙往外生",好像和我们脑海中的美猴王又不一样。

大家心目中的孙悟空形象从何而来?依我看,大家印象中的孙悟空恐怕不姓吴,而是姓章、姓万。靠着这两姓人家的再创造,才演绎拼贴出今日千千万万中国人眼中面目清晰、活灵活现的——东胜神洲傲来国花果山水帘洞中的齐天大圣孙悟空。

在章家之中,眼下名气最大的应该要数章金莱。也许你更熟悉他的艺名:六小龄童。

这四个字一出,恐怕在中国真的是无人不知无人不晓了。然而罗马不是一天建成的,"国民大圣"也不是一代人就能造就的。在六小龄童章金莱堪称出神入化的表演背后,是章氏家族作为"猴王世家"几代人的心血。

我国不少戏曲剧种中,都有以孙悟空为主角的"猴戏"桥段,章金莱的老家——绍兴的"绍剧",也不例外。章金莱的曾祖父章廷椿、祖父章益生,都以猴戏闻名;而到了章金莱的父亲章宗义那里,更是因为在猴戏上造诣极深,被誉为"南派猴王"。章宗义从小痴迷戏曲,得家学真传,6岁从艺,因此得了个"六龄童"的艺名。章宗义还有一个擅演老生的哥哥叫章宗信,7岁从艺,艺名"七龄童"。有兄弟如此,家学渊源可见一斑。1960年,上海电影制片厂拍摄了绍剧电影《孙悟空三打白骨精》,六龄童饰演孙悟空,七龄童饰演猪八戒,一对兄弟分饰"大师兄""二师兄",一时传为趣事美谈。

六龄童章宗义一共有11个孩子,章宗义的后代当中,今天名气最大的自然是最小的儿子章金莱,但当初最先接受"南派猴王"衣钵的,却是他的二儿子章金星。章金星天分极高,3岁开始就随浙江绍剧团演出。章金星7岁时,浙江绍剧团在上海为周恩来总理和到访的外国宾客演出《大闹天宫》,章金星出演罗猴。演出结束后,周恩来总理上台接见演员,还特别抱了抱小猴子章金星,叮嘱六龄童章宗义"多培养几个'小六龄童'"。由此,章金星便得了"小六龄童"的艺名,而周总理抱着小六龄童的照片也成了绍兴人记忆中一个经典的瞬间。

然而,或许是天妒英才,小六龄童章金星因罹患白血病而早夭,年仅16岁。而他的小兄弟章金莱则接过了"南派猴王"的传承,为有别于哥哥,取艺名"六小龄童"。虽然有父亲的亲传以及家学的渊源，但"猴四代"六小龄童的成长依然浸透了他个人努力的汗水。章金莱本人是个高度近视，眼光缺乏灵动和神采，这是演猴戏的大忌，为此他经常盯着日出时的太阳或者快速运动的乒乓球看，"强行矫正"自己的眼神，这才有了电视剧《西游记》里孙悟空永远灵目圆睁的生动表演，而最终造就了被许多观众奉为"不二经典""无法超越"的美猴王形象。

而六龄童章宗义，虽然培养了六小龄童这样优秀的接班人，却依然未曾放弃自己的艺术人生。2012年，年近九旬的章宗义接受媒体采访，依旧时不时忍不住要上一段猴戏，并留下了那段著名的感慨："如果有机会，我还想再登台演出。有的人一上台就下不来了，但我知道我能演。"两年后，章老驾鹤西去，但他对艺术的追求、章家四代猴王对艺术的追求，依然在那句"有的人一上台就下不来了"的自我告白中，在六小龄童依然活跃的身姿中，活灵活现，熠熠生辉。

说完章氏家族，我们再来说说万氏家族。万氏家族的故事，要从1937年讲起。

1937年，迪士尼出品的史上第一部动画长片《白雪公主》上映，迅速风靡全球，并一度成为世界上票房最高的电影。而就在这一年，后来公认的亚洲动画强国日本，却正沉浸于军国主义的狂热之中，把侵略的铁蹄踏上了中华大地。

当世界折服于动画这一艺术载体独有的表现力时，战火中的东亚，似乎还是一片动画的荒野。然而，在中国上海，已经有了亚洲动画艺术的萌芽。万籁鸣、万古蟾、万超尘和万涤寰四兄弟，就是当时众多先行者之一。四兄弟从20世纪20年代起就在上海钻研动画创作，中国首部独创动画片《大闹画室》，以及20世纪30年代一系列宣传抗日的动画短片《同胞速醒》《精诚团结》《民族痛史》等，都出自他们之手。

《白雪公主》公映后不久，这股动画长片的风潮即吹到上海，万氏兄弟决心拍出自己的动画长片。最终，他们的选材也落在了"公主"身上，只不过这位"公主"却是个反派——1941年，中国第一部动画长片《铁扇公主》横空出世，宣告了中国动画电影的开端。故事取自妇孺皆知的《西游记》中过火焰山的桥段，男一号：孙悟空。

同时，《铁扇公主》也是亚洲第一部动画长片——没错，亚洲第一部动画长片并不是出现在日本，而是出现在中国，出现于正在烽火之中抗击日本帝国主义的1941年的中国。

以今天的眼光来看，《铁扇公主》的美术风格恐怕难称讨喜，但在当时它代表的是亚洲动画的最高水准，甚至可以与迪士尼一道，跻身世界动画长片制作的第一梯队。其他不论，单看80分钟、9700尺胶片的片长，及其背后庞大的作画量与对动画长片制作流程的掌控，就足以令其他竞争者望尘莫及。《铁扇公主》堪称中国动画史的一个巅峰。然而有趣的是，似乎是这个时候起，中国动画与万氏家族，就和《西游记》、孙悟空，结下了不解之缘。

中华人民共和国成立之后，万氏四兄弟继续活跃在新中国动画事业的一线。像万古蟾拍出了中国第一部剪纸动画片《猪八戒吃西瓜》；万超尘则专精于木偶片，其担任技术指导的木偶片《神笔》也是中国动画史上的名作。而四兄弟的孙悟空情缘，则在万籁鸣的身上开花结果了。

1960年，彩色动画长片《大闹天宫》投拍，万籁鸣担任导演，万氏兄弟联合担任作画监督。将"大闹天宫"这一段情节拍成动画片，是万氏兄弟自《铁扇公主》上映后念念不忘的夙愿，而今终于得以达成。在当时困难的岁月中，经过艰苦却毫不妥协的制作，《大闹天宫》上下集终于在1961年和1964年分别上映。完全手工绘制的精美画作每一帧都堪称艺术品，其制作水准即便在今天也堪称一流。影片上映后国内赞誉一片，更是一作而确定了孙悟空"黄衣红裤虎皮裙"的经典动画扮相，成为几代人童年回忆中无可替代的一部分。《大闹天宫》是中国动画史上的又一巅峰，亦是永远的丰碑。

万氏兄弟的孙悟空不仅风靡中国，更成了全世界的偶像，成为世界认识中国的一张名片。《大闹天宫》在全球获奖无数，而现代日本漫画的鼻祖、创作了《铁臂阿童木》《火之鸟》等"神作"的"漫画之神"手冢治虫,更是因少时在日本观看《铁扇公主》深受触动后,才踏上漫画之路。手冢治虫视万籁鸣为儿时偶像,曾多次来中国拜会万籁鸣,更和万籁鸣合绘了一张"孙悟空与阿童木牵手"的珍贵画稿。中日动画史上象征勇气和正直的两位主角纸上牵手,让人不禁赞叹艺术与美德跨越国界与文化的力量。

(2016 年 2 月 13 日)

星光中的名字

浩瀚的星空,永远是人类挥洒求知欲和想象力的最好舞台,中外古今皆然。对于大多数中国人而言,最耳熟能详的星球的名字,恐怕就是以五行命名的太阳系"金木水火土"五个星球了。而在西方,这五大行星的命名却是源自罗马神话中的神祇。两套源远流长、并行不悖的天文命名体系,看似神秘感性,却暗合着先民对行星运行规律的考证和总结,乃是科学实证的精神与浪漫的想象力结合而生的一朵朵人类文明的奇葩。

在地球看星空，亮度仅次于月亮的第二亮天体，是金星。或许是醉心于它的星芒璀璨，西方的天文学家大方地将最美丽的名字赋予了它：Venus，即是罗马神话中大名鼎鼎的爱与美之女神维纳斯。而中国古人则因其"大而能白"，将其称为"太白"。按照五行对应五色的理论，"水黑、火赤、木青、金白、土黄"，"太白"自然就是"金星"。中国道教的神话人物"太白金星"，正是古人将金星神格化、拟人化而生的，在民间传说中，常常是须发皆白、仙风道骨的形象。从女神到贤者长者，对同一颗星不同的想象方式，展现出两种文明更深层次的区别。

而东西方对火星的想象，则表现出了更多的一致性。从地球上观察火星，呈火红色，这自然会激起人们关于火与血的想象。火星的英文名 Mars，源自罗马神话中的战神，是战争的象征，亦是战士们的庇护神。而在中国的古代，火星则被称为"荧惑"，因其荧荧似火，在天空中的位置又东西不定，令人困惑。命名为"火星",也是顺理成章了。在《史记·天官书》中,关于火星的说辞,诸如"出则有兵,入则兵散""为勃乱,残贼、疾、丧、饥、兵""三月有殃,五月受兵,七月半亡地,九月太半亡地",也几乎都是动乱与灾祸,少有什么好事——然而有趣的是,到了今天,一直默默承担灾祸纷争之名的火星,却被现代天文学勘定为类地行星,在太阳系各行星中与地球自然条件最为接近,反倒成了人类移民太空的"希望之星"。

木星,八大行星中的"老大哥",体积最大,质量更是其余七大行星总和的两倍半。它的名字也足以配得上它的"老大哥"风范:英文名Jupiter,源自罗马神话中的众神之王朱庇特,也是名气更响的希腊神王宙斯的罗马"马甲";中文名"岁星",是因为古人发现木星的运行大约每12年一个周期,所以便用木星当年在天空中所处的位置来纪年,故称"岁星",亦有"应星""纪星""重华"等的叫法。以"岁星纪年法"为基础,又发展出更为精确、沿用至今的干支纪年。可见"岁星"这个称号,重要程度确实不亚于"神王"。

水星是太阳系中距离太阳最近的行星,同时也是太阳系中轨道速度最快、绕日一周时间最短(88天)的一颗行星。也许正因如此,西方人才会以传说中脚穿飞行鞋,手握魔杖,行走如飞的旅人守护神墨丘利的名字,来命名水星(Mercury)。中国古代则把水星称为"辰星"。辰星绕行于太阳周围,星芒也常常掩盖在太阳的光辉下,只有日出日落时才能观测到,《史记·天官书》载"察日辰之会,以治辰星之位"。因为辰星和太阳这种千丝万缕的联系,被称为"太阴之精",也就是月亮(太阴)的精华凝聚而成;亦被称为"北方水",就不难理解了。

而五星中距离太阳最远的,则是土星。土星因拥有美丽的土星环,成为八大行星中外形最惹眼的"偶像派",又因其距太阳和地球都极远,也被披上了一层神秘的面纱。土星的英文名Saturn,源自罗马神话中的农神萨图尔努斯;在中国则被称为"镇星"或"填星",因其绕日一周需要近30年(中国古人常记作28年一周天),每年恰好进入二十八星宿的一宿,所谓

"岁镇一宿",即是"镇星",在五星之中也是位置相对而言最稳定的一颗,按照五行五方属"中央土"。《史记·天官书》将五星相对位置代表的星象,诸如"木星与土合""三星合""四星合""五星合"等,多记录在镇星一节中。

至于天王星、海王星,古人受观测技术所限并未发现,自然也无法为之命名。后来由西方天文学家率先发现,便按照原有的神话命名体系,命名为"天王(天空之神乌拉诺斯,Uranus)""海王(海神尼普顿,Neptune)",而它们在中国既无古称,也就将西文命名直译过来用了——另外,我不厚道地猜想,怕是也有"五行五方"都已经占满、按现有体系已经"编不下去"的缘故吧。

时至今日,天文历法的精度早已今非昔比,星学占卜也只能作为茶余饭后的消遣。尽管如此,这些扎根于文化血脉、孕育于神话传说的星星的名字,却依旧闪耀着不下于繁星自身的、文明的光辉。夜色降临,仰望穹幕,或是于八十八星座中探寻异域神话,或在心中咀嚼着璇玑玉衡、开阳摇光这样古意盎然的辞藻，穿越千年之久万里之遥而与异域先民得见同一幅壮丽星图，唯有沉醉、拜服、欣喜、顿悟。

(2016年3月19日)

翠花,上烤串

东北人喜欢吃什么?

如果是前几年,答案必然是那句家喻户晓的"翠花,上酸菜";再往前,"猪肉炖粉条"也是名声在外,而且要加一个"子"字,"炖粉条子"才更显地道。但时过境迁,到今天,答案又该是什么?——当然是:烤串。

君不闻,"大金链子小金表,一天三顿小烧烤"已经成为一段民谚;衍生出烧烤桌前"剥蒜小妹"的"意象"，也是网络段子手们屡用不爽的包袱。烤串全球皆有，日本有烤鸡肉串名曰"烧鸟"，俄罗斯有大开大阖的俄罗斯大串，希腊有配着饼吃的"索瓦兰吉"，等等。中国以新疆羊肉串最负盛名，带着卷舌音的独特吆喝声曾是席卷全国的街头一景。其实从地域上看，东三省西接蒙古，东临朝韩，都是嗜烤之地，白山黑水间自古以来又是游牧民族聚居之所，论烤串传统，本就不输新疆，而且还发展出自己的独有风格。

新疆羊肉串，讲究天然野趣，譬如有名的"红柳木烤串"，用戈壁滩上的红柳木枝做签子，串上大块上好的新疆羊肉，将新疆风物揽于一串之中。然而在以工业闻名的东北，更常见的则是铁签子，早些年更是常见以自行车辐条做签子，有着浓郁的老工业基地风情，工业文明与牧民野味"跨界混搭"的独特体验令不少南方朋友目瞪口呆。铁签子导热良好，烤出来的肉火候均匀，撒上雪白的精盐和火红的辣椒面，一口咬下去，炽热的辣包裹着多汁的嫩，再往里更带着铁器独有的丝丝甜味，个中风味无以向外人道也。

东北烤串的食材多样化也是一大特色。东三省依山傍海，物产丰富，各种飞天遁地江河湖海中的食材自不待言，甚至边角余料，都可烤成奇异珍馐，令人大开眼界。

比如，在沈阳吃过的烤鸡架，是整鸡去掉鸡腿、鸡胸等大块肉后留下的骨架。这原本寒酸的"厨余"，却在烧烤中"浴火重生"，脱胎换骨。鸡架中间剖开展平，夹在用小指粗铁棒焊成的烧烤夹中间烤制，再撒上佐料撕碎装盘，虽然肉不多，但软骨和肋骨等细碎处都已烤熟入味，啃起来脆韧相间、焦香透骨，吃罢吮指连连，不禁感慨曹操一代枭雄，竟不识"鸡肋"真味；再比如，在吉林吃过的烤"大筋皮子"，说实话到现在我也不敢断言这究竟是哪一块肉，据说是"牛腩筋"，取两三指见宽的一整长条，蜿蜒地串在签子上，烤熟时颜色金黄，口感介于筋肉之间，既不失筋的胶质绵韧，又如肉一般入味好嚼，宽宽长长的一整条，令人大快朵颐、不胜过瘾。

食材之外，东北烤串也有其"脑洞大开"之处。在哈尔滨吃过加糖烤的羊肉串,乍一听似乎是料理邪道,但实际吃过才知道,烤过的白糖带着特殊的焦香,使羊肉味道更丰富、口感更细腻柔滑。长春等地还有"一毛撸",顾名思义,一串一毛钱,当然每串上面的肉菜也都不多,虽无大块吃肉之乐,但频频举串、签子满桌的用餐过程却更具某种形式上的快感,今日虽已升级为"五毛撸""八毛撸",亦不失其趣味。

串,在东北的饮食文化中有着独特的地位。东北的人情分两种:"可以一起吃串的交情"和"不能一起吃串的交情"。东北人吃宴席桌餐,往往只能代表同桌者们一种客气而泛泛的交往。共同经历过手执钢签、龇牙咧嘴的"不体面"场合,才会有真正的"哥们儿""铁子""实在亲戚",颇有点"患难见真情"的意思;而如果比较陌生的人与你一番正襟危坐的餐桌应酬之后,又主动邀约烤串"下半场",那证明对方非常急于想和你成为真正的朋友——或者,真的是有很重要、很麻烦的事儿想求你去办。

"整",是东北话里的"万能动词","整点儿串儿",

则是东北人表达亲热的一种方式,就像一句接头暗语,辨认朋友,确认情谊,莞尔一笑,心领神会,指向着人与人之间信任、热情、诚意的最大可能。

举凡一地特色菜品,往往要沾带些名人轶事的风雅,以抬身价。譬如"某某皇帝吃后赞不绝口"系列,多得几可自成菜系。然而东北的烧烤,全然没有这些说道,是真正的大众之味,不需要谁来代言,一年四季聚众饕餮的东北人就是最好的集体代言者。即便今天这种带着江湖气和市井气的烟火,在城市发展中已日显格格不入,东北人还是想方设法延续着烤串的爱好。说扰民,我就搬到商业区;说污染空气,我就把烧烤间搬到室内……绞尽脑汁,千方百计也要"整上几串",正是源于人们对烤串欲罢不能的爱。

这些年来,眼看着东北的标志性菜品从"翠花,上酸菜""猪肉炖粉条"变成了烤串,其实也算是目睹了大众对东北形象解读的一场变迁。酸菜血肠也好,杀猪菜也罢,都是东北农村饮食,和"黑土地""老村长""北大荒"一样,源自对农业东北的深刻印象。

然而烤串却是城镇文明的产物,是城市居民在以相对文明的方式模拟原始的饮食之道,夜市烧烤更是与城镇夜生活相伴相生,在"填饱肚子"之外更多了强烈的消费和社交属性。这是对东北的想象方式从农业乡村向工业化城镇转变中出现的一个风俗性标签,也许这个标签不够风雅,但它与黑土地上的东北农村一道,共同构成了东北形象的一部分:粗粝、世俗、莽撞,却又不失可亲、可近、可爱。

(2016年4月16日)

那些年，你所不知的"科幻迷"

当我们谈论科幻小说的时候，想到的常常是新奇，是未来，是超现实的想象力。刘慈欣的《三体》斩获世界科幻大奖雨果奖之后，在中国文坛"隐居"多年的科幻文学，也开始受人瞩目起来。然而如果我们"穿越"到中国科幻的诞生之初，又会看到些不一样的光景——有与我们所理解的科幻有些微妙差异的意外作品，还有一批与我们印象中颇有出入的意外"科幻迷"。

从某些意义上讲，与现代白话文一道滥觞于20世纪初的中国科幻文学，起点是很高的，因为当初在中国力推科幻文学的"科幻粉"中，有着不少文学史上的"大腕"级人物。然而因科幻文学今日之式微，以至于许多实实在在的事例，今天在不熟悉文学史的人听来，反倒像是"天方夜谭"了——寒酸久了，再说自己"出身高贵"也难以取信于人，令人不禁感喟。

近代文学巨擘中的"科幻迷"，首推鲁迅。今年恰逢鲁迅逝世80周年，人们都在忙着对鲁迅的小说杂文如数家珍，却少有人知道，鲁迅还是将现代科幻文学介绍到中国的先驱。鲁迅在旅日期间，就经由日文译著，接触到了西方的科幻小说，并开始着手翻译。在鲁迅和其弟周作人翻译的《域外小说集》中，就收入了科幻小说大家儒勒·凡尔纳的名作《月界旅行》《地底旅行》。鲁迅在《月界旅行·辨言》中写道："盖胪陈科学，常人厌之，阅不终篇，辄欲睡去，强人所难，势必然矣。惟假小说之能力，被优孟之衣冠，则虽析理谭玄，亦能浸淫脑筋，不生厌倦。彼纤儿俗子，《山海经》《三国志》诸书，未尝梦见，而亦能津津然识长股，奇肱之域,道周郎,葛亮之名者,实《镜花缘》及《三国演义》之赐也……故苟欲弥今日译界之缺点,导中国人群以进行,必自科学小说始。"将科幻小说普及科学的功效,比作《镜花缘》《三国演义》之于《山海经》《三国志》,期待不可谓不高。而这一段来自"大师"的肯定也成了今日科幻迷们像功勋章一样时刻挂在嘴边的话。

尤为可贵的是,鲁迅不仅仅把科幻文学当作普及科学的工具,更注意到了其作为文学自身的魅力。"经以科学,纬以人情。离合悲欢,谈故涉险,均综错其中。间杂讥弹,亦复谭言微中。19世纪时之说月界者,允以是为巨擘矣……至小说家积习,多借女性之魔力,以增读者之美感,此书独借三雄,自成组织,绝无一女子厕足其间,而仍光怪陆离,不感寂寞,尤为超俗。"特别是对科幻小说中人物设定"性别策略"的见解,今天回过头来再看众多科幻创作,还是颇有预见、颇可玩味的。

如果说本来就写小说的鲁迅倾心于科幻小说还算不太使人意外的话,那么另一位和鲁迅同时期的"科幻迷",身份就真的有些出人意料了,他就是近代史上大名鼎鼎的"变法家"梁启超。世人熟知梁启超,大多是因为戊戌变法。但实际上,梁启超也是一位文学家,是新文学、"诗界革命"、"小说界革命"的重要倡导者。

梁启超翻译过凡尔纳的《十五小豪杰》,这个译本至今都颇受读者喜爱。他还翻译过另一部科幻短篇《世界末日记》,这部由一位并不出名的法国天文学家创作、名字听起来有些好莱坞味道的小说,讲述的是世界末日到来,人类的末裔乘飞船去外星球寻找新家园,最终一无所获,回到地球后发现原来的避难之所也已经毁灭,最后在绝望中死去的故事。这样一个在今天看起来相当俗套且随意的故事,当时却震动了文学界:一是小说中带有些许西方宗教色彩"末世宿命",在中国人看来颇为新鲜;二是当时的中国社会动荡,读者难免对"世界末日"产生些现实上的联想。有趣的是,梁启超身上的"社会活动家"基因,在翻译时也时不时地躁动一下,譬如小说原文中,虚构了一段"中国人向欧洲诸国发动复仇之战"的"历史",梁启超译到此处心绪难平,索性直抒胸臆道:"壮哉……译至此,不禁浮一大白,但不知我国民果能应此预言否耳?"其热血单纯,简直憨直可爱。

大概是单纯翻译还不够过瘾,梁启超还直接动手创作科幻小说,在《新小说》上连载,名曰《新中国未来记》,讲的是60年后中国成为世界上头号强国,多国首脑齐聚中国共商要事,这样略显浮夸的设定倒真有些当下网络小说的味道——可惜写着写着,终于又变成了梁先生最喜欢的"君主立宪还是民主共和"的话题,最后写了五回便再无下文。

尽管梁启超本人的科幻小说没了下文,但是在他的大力推动乃至躬亲示范下,中国人自己的科幻文学终于也在这个时代发出了微弱但切实的啼声。1905年,徐念慈创作的《新法螺先生谭》出版,此书是对包天笑翻译的《法螺先生谭》《法螺先生续谭》的戏仿,连名字也索性直接拿过来用了,但实际上仅仅套用了原著的人名,其故事内容则大大超出了原著的范畴,徐作中的法螺先生不仅飞身宇宙,探索了水星、金星,更发明了神奇的能源"脑电",是一部不折不扣的"科幻小说"。另一部长篇科幻小说《月球殖民地小说》,则从一个看似传统的故事开始讲起:湖南湘乡人龙孟华杀人复仇之后逃亡,路遇侠士相助,剧情在此处忽然"急转直下",几人搭乘空中军舰周游世界,最后甚至登上月球,"脑洞"之大堪称观止。尽管今天看来,这些作品可称幼稚可爱,但正是这些著名或者非著名的作者,带着整个中国文学,从"面朝黄土背朝天"向着星辰大海,摇摇晃晃地迈出了第一步。

(2016年5月7日)

自古名胜出文章

前几日《人民日报》"大地"副刊上刊载了一篇文章《高寒岭上文成景》,文章里说的"因文成景",是个有点意思的提法。中国文人对山水风物的热爱,既是一种情结,也是一种文化,文章与景物相映生辉,是中国文学史上一道独特的风景。当然,文章与山水多数时候是相辅相成、互相成就的,但是"一篇文章造就一处名胜"的,确实也有不少事例,细细想来,也自有一番趣味。

譬如说兰亭,因为王羲之的《兰亭集序》蜚声天下。当然这里面不光是文章的功劳,王羲之书写文章的书法也起到了关键性的作用。兰亭因沾染了书圣王右军的墨香,成为了中华文化漫长书卷中最为传奇的一笔墨迹。兰亭其地,我是去过的,原本是想追念右军遗风,可惜今日兰亭已经少有古迹,亭子也好,墨池、曲水流觞处也罢,看起来都是簇新的,只有兰亭碑亭中的石碑,是康熙皇帝手书并立,算得上一件古物,但比起兰亭真正的历史,还是减了不少滋味。兰亭竹影婆娑,幽深静谧,确是一处不错的去处,但也无甚特别过人的景色,今天作为景点的几乎一切卖点,皆出自《兰亭集序》和王羲之,若无《兰亭集序》,恐怕难以名世。

而著名的"江南三大名楼"——黄鹤楼、岳阳楼、滕王阁,虽然是楼阁建立在先,但是能够名列"三大名楼",得历朝历代倍加珍视反复翻修而屹立至今,也是沾了不少文章的光。像岳阳楼,准确的修建时间和主持修建者已难以考证,但是随便从中学里找一个孩子来问,都能说得出"庆历四年春,滕子京谪守巴陵郡"。

滕子京只是一个翻修者,却享受了比建楼者更加崇高的历史地位,主要还是因其眼光独到,请了范仲淹来写这篇记。滕王阁也是如此,今人朗朗上口的只有"都督阎公之雅望,棨戟遥临",至于拥有此楼冠名权的滕王究竟是叫李元婴还是叫李元霸,反倒不怎么在意了。至于黄鹤楼,虽然留下了崔颢"日暮乡关何处是,烟波江上使人愁"的佳篇和李白"眼前有景道不得,崔颢题诗在上头"的佳话,但是或许是李白最终技痒难忍,还是写出了《黄鹤楼送孟浩然之广陵》这样的佳作,为黄鹤楼的千古留名又狠狠地推了一把。至于楼本身,倒不是那么重要了,譬如说,只看楼体照片有谁能准确地分出这三大名楼来呢?反正三座楼都上去过的我是分不清。

如果说三大名楼还是自有定论的话,"十大名寺"就显得比较复杂了。究竟是哪10家,我在网上查了查,说法不一,但除了少林寺、灵隐寺这种名倾天下的大寺,"姑苏城外寒山寺"稳稳地名列"十大名寺"之中,却是不争的事实。从资料上看,寒山寺历史相对简单,也少有名僧、帝王的名气加持,能有今日之地位,这首《枫桥夜泊》——以我陋见——或要占到九成的功劳。我在寒山寺,看到雪白外墙上斗大的字书写着《枫桥夜泊》全文,寺中最重要的古迹也是历代文人墨客书写《枫桥夜泊》的书法碑刻。因为一句"夜半钟声到客船",使得寒山寺撞钟、听钟也成为其一大卖点,不少游客大过年的冒着寒气,除夕专程来寒山寺听新年钟声,乐此不疲。

古人文章造就的名胜,经历过历史的淘洗,但是也获得了时光的加持。而直到百年之内的近代,中国的文人们依旧延续着以文章为山水景物立名的传统。

我所见过的一例是在绍兴鲁迅故居,拜访《从百草园到三味书屋》中的百草园。在今日的百草园景区,一切都有迹可循:一棵大树,旁边立着一块石头,刻字注明此乃"高大的皂荚树";一片菜地,旁边立着一块石头,刻字注明此乃"碧绿的菜畦";一口老井,用木栏围着,旁边也立着一块石头,刻字注明此乃"光滑的石井栏"。也不知有没有哪只小鸟带着小牌子注明此乃当年"轻捷的叫天子",而"美女蛇"更是没有的,但这一小方天地中的每一样东西,真的是如同照着鲁迅文章模子刻出来的一般,令人颇觉有趣。

更近的例子则如青海的德令哈,这座城市有着一个充满诗意的名字——金色的世界,但立市之本却是不太诗意的矿业。直到一个充满诗意的人——海子,到这里作了一首诗,使得这个读起来轻灵上口的三音节名字重新获得了诗意的内核。今天,这个矿业城市也成了一座文艺的城市,成了无数文艺青年心中的圣城。可以说,德令哈所有的文艺细胞,都是从海子这首《姐姐,今夜我在德令哈》移植而来。如今的德令哈俨然以一座旅游城市的身份屹立在戈壁之上,我在青海时曾不止一次被人怂恿去德令哈"观光旅游",只是始终未能成行,不知今夜德令哈的海子纪念馆门外,会不会有醉醺醺的文艺青年对着星空高呼"姐姐,今夜我不关心人类,我只想你"。

中国文人创造景点的实践,甚至搞到了国外——没错,我说的正是徐志摩的《再别康桥》。此诗一出,从此在国人心中，剑桥是大学，康桥是诗，俨然自立门户。更有趣的是，剑桥大学里原本就没有一座桥叫作"康桥"，所谓剑"桥"大学也只不过是因为穿过该校的剑河（River Cam，徐志摩音译为"康河"）上面桥很多而已，究竟徐志摩写的是哪一座，没人说得清。直到《再别康桥》问世80周年，剑桥大学在徐志摩曾经就读的国王学院前的一座桥边立了一块纪念碑，这才算是有了个官方的说法。如果你在剑桥大学里看到几个亚洲人对桥异常感兴趣，那他们一定来自中国——可见，文章的力量，真的是不容小觑。

(2016年5月28日)

日光最长的一天

还记得今年的夏至是几月几日吗?

6月21日。记不得也很正常,因为夏至这个节气,在中国二十四节气中,恐怕要名列"存在感"最为稀薄的梯队了。既不像惊蛰清明、白露寒露那样充满了诗情画意的文学气息,又不如小暑大暑、小雪大雪这样有一个令人警醒的名号,更不像立春立夏、立秋立冬这样直接昭示一个季节的开始,不容易被人记起,也是情有可原。

但实际上,夏至或许是现代人最能有直接感受的节气之一。有一些地理常识的朋友应该懂得,夏至日是太阳直射北回归线的日子,也是整个北半球一年之中白昼最长、黑夜最短的一天,这一年之中最长白昼的降临,绝对要比清明的雨水或者大雪的雪花来得更为准时靠谱。而对于久居城市远离桑麻的城市人而言,在以农事为核心的二十四节气中,又有哪个能比"朝九晚五"时天亮没亮、黑没黑更加具体可感呢?

夏至或许是所有节气中最早被确定下来的一个。"夏至"二字的由来,较为常见的解释,是出自《恪遵宪度抄本》:"日北至,日长之至,日影短至,故曰夏至。至者,极也。"在土地上立一根木棒,观看日影的长度,就能确认夏至的具体日子,确实是易于观测。当然,最长的白昼同样是判断夏至的重要特征。夏季的北半球,越往北白昼越长,倘若在中国极北的漠河,夏至日里,黑夜只有短短一两个小时。这是什么概念?太阳下山后,你和朋友们相约小酌,酒还未过三巡,太阳就又升起来了。在这一天里通宵达旦做任何事情都显得特别轻松惬意。如果你有意体会中国极北端的风光，除了在冬天去挑战中国首屈一指的极寒，夏天前去也是别有一番风情。《古诗十九首》云："生年不满百，常怀千岁忧。昼短苦夜长，何不秉烛游？"估计这位古人是没有体验过极北之地的夏至日，不然恐怕要改口感叹"欢娱嫌夜短"了。

夏至也是少有的、中国节气概念可以在西方天文历法中找到精确对应的概念之一。夏至和冬至的"至"，与英语中的专门词汇"solstice"对应，夏至称"summer solstice"，冬至称"winter solstice"，这样的待遇，在二十四节气中可谓屈指可数。在英国，夏至日前后的日子被称为"midsummer"，中文译作"仲夏"，说到这里熟悉西方文学的朋友或许就要恍然大悟了，莎士比亚的名著《仲夏夜之梦》，说的正是这个"midsummer"。直到今天，在英国著名旅游景点巨石阵，每逢仲夏节，都还会举行沿袭自古代的盛大庆典。而在靠近北极圈的北欧国家芬兰等，夏至日超长的白昼时间则显得更为宝贵、更值得庆祝。对他们来说，仲夏节意味着团聚、篝火、畅饮和狂欢。

在中国的历史上，夏至也曾在节日之中占有一席之地，古时皇帝在夏至时会举行祭拜土地的仪式，《史记·封禅书》记载："夏至日，祭地，皆用乐舞。"这与中国的重农传统不无关系。亦有学者认为，端午节原本是从夏至而来，祭祀屈原乃是后来才附加于夏至之上的含义，并列举相关论据，譬如在一些权威的岁时古籍中并未提及"五月初五吃粽子"却有"夏至节吃粽子"一说，又如今日端午习俗中的插艾叶菖蒲避鬼、饮雄黄酒祛病、"斗百草""采杂药"等其实和纪念屈原并无关系。虽未有定论，但至少证明，民间传统中对于夏至这个节气，还是颇为看重的。

到了今天，夏至虽然不再是举国欢庆的节日，但在人们的生活习惯中还是留下了些许痕迹。譬如中国不少地方都有"冬至饺子夏至面""冬至馄饨夏至面"之类的说法，虽然冬至日吃的东西因地而异，但是夏至吃面，总归是没有错的，这也对应了夏至前后小麦收获的农事规律。所吃的面，既有传统的汤面，也有凉面、过水面。除"夏至吃面"之外，还有"夏至吃蛋""夏至喝粥"等的说法，但总而言之，应天时而饮食，总归是中国人度过节气日最常见的方式了。

作为前文所说"远离桑麻"的都市人一员，我个人对于夏至，是有些特殊感情的。每年冬天一过，随着日子一天一天向夏至迈进，白昼也在以显著可感的速度延长着，每天下班的时间，也从披星戴月到华灯初上，到落霞满天，再到天光尚亮，每每此时，心中便觉愉悦，产生了一种提前下班而偷得浮生半日闲的错觉，仿佛人生也因之延长了。杜诗云："日暮阴阳催短景，天涯霜雪霁寒宵"，说的是冬天白昼日短如受催迫，充满了凄冷寂寥之意，反过来看白昼一天天延长，则自然是令人倍生希望。然而一过夏至，又生出了盛极而衰的怅然。虽然常说在城市难分时令四季，但感应天时的文化血脉，却依然流淌在被钢筋混凝土包围的血管中，终究无法断绝。

(2016 年 7 月 9 日)

总有"凉友"送清风

天气入伏,正是烈日炎炎的时节。这个时候,自然是躲在空调房里最为舒适惬意。"甜"外思"苦",难免生出"没有空调的时候人是怎么过的"这样的感慨来。其实没有空调,还有一位节能环保的"夏日之友",至今日依然兢兢业业地在不少人手中服役,它就是——扇子。

扇子,其名似乎有点通俗,宋人有云:"净君扫浮尘,凉友招清风。"凉友,恰是古人赠予扇子的美名。古人日用器物多矣,何以梳子未得名"发小",杯子未得名"水友"，却偏偏给扇子一个如此亲切的拟人化称呼？对"救人于酷暑"的感恩或许是原因之一，但扇子超越器物之用而承载的文化含义，也应是重要的理由。

说到扇子，人们先想到的大概是今日街头巷尾最常见的折扇，但有据可查的历史中最早出现的，很可能是"羽扇"，也就是大家心目中常与"纶巾"相伴、"谈笑间樯橹灰飞烟灭"的那个"羽扇"。拜《三国演义》所赐，羽扇成为谋略和智慧的化身，也进一步证明了至少在三国时期，羽扇就已不罕见，算来少说也有两千年的历史。其取材天然，扇出的风也徐然绵软，颇有些天人合一的仙气，堪称扇子家族中的老大哥。

若说羽扇是"雄姿英发"的大哥，那么扇子家族的另一位成员——团扇，则更像是娇柔美丽的小妹。团扇的结构其实和羽扇颇为相似，只是把羽扇的羽毛扇骨换成了木质、竹质，将羽毛的扇面替换成了纸质、绸缎等，因此少了几分自然天成的洒脱，多了几分人工细作的精致。因其精美，多成为达官贵人、仕女贵妇手中的把玩之物，古人与团扇相关的诗句，也往往沾染了一些"轻罗小扇扑流萤"的贵气和脂粉气,而班婕妤的《怨歌行》,则将团扇的阴柔哀怨写绝了:"新裂齐纨素,鲜洁如霜雪。裁为合欢扇,团团似明月。出入君怀袖,动摇微风发。常恐秋节至,凉飙夺炎热。弃捐箧笥中,恩情中道绝。"哀婉之处,令人读之动容。

另外,还有因《西游记》家喻户晓的芭蕉扇、充满市井风情的蒲扇等。但到今天,最普遍最多见的,还是要数之前提到的折扇。

折扇出现的时间,有说源于南北朝,有说源于唐代,有说源于明代,说法不一,但其出现时间晚于羽扇团扇等不具备折叠功能的扇子,应是不争的事实。而折扇的设计,也仿佛天外来物一般无迹可寻。折扇取消了传统扇子的扇柄,并将传统的固定扇骨、扇面开创性地改作可折叠的设计,将宽敞大气的扇面收为精巧狭长的"一段",开合间颇有"虚实相生"的妙趣,而开启时的扇形弧面与收起时的狭长立方,又有些"天圆地方"的禅意。作为一项延续数百年乃至上千年而依旧屹立不倒的设计,堪称绝妙。

用今天的话讲，折扇的出现使得扇子的"可玩性"更上了一个台阶。首先，和精致小巧的团扇相比，折扇堪称"精致大气"，不仅女性可用，男性也终于可以理直气壮地执扇在手，不仅不会显得"娘"，而且更显风雅潇洒；不同材质的扇骨扇面可以产生非常丰富的搭配，可以紫檀贡缎，亦可竹木粗绢，可以雕花镂空，亦可"大懒不工"，丰俭由人，足以彰显个性；而展开后平整的扇面，可以题词，可以作画，成为文人挥洒才华的绝好舞台。扇面一节一节打开的形式，亦天然地适合题写古诗词；扇面的扇形，作为作画的画布也有其独到之处，以至于后来扇面诗文及扇面画，成为一种独立的书画艺术形式，达到了形式与内容的浑然一体。

文人墨客钟爱玩物的折扇，也慢慢化身成文人符号的一部分。一把折扇，衣袂翩翩，构成了今人对古代"风流才子"的想象。20世纪八九十年代，电视剧《戏说乾隆》《楚留香》在国内热播，一场场精彩帅气的"扇子戏"倾倒了无数男女，也在街头巷尾掀起了一股模仿热潮。学着郑少秋的样子执一把折扇在手，哗的一声打开，嗒的一声合上，大概是不少人当初人前背后操练过的标准动作。而为此甩裂扇面、弄断扇骨，为了"潇洒"竟亦在所不惜。

扇面书画也是折扇乐趣中极重要的一部分，前些年唐伯虎的《江亭谈古图扇面》曾在拍卖会上拍出千万天价，这是藏界风云，与我等百姓无关，市购日用所见最多的扇面，乃是郑板桥的"难得糊涂"，另有一篇名曰《莫生气》的打油诗，也令人印象颇深。"人生就像一场戏，因为有缘才相聚。相扶到老不容易，是否更该去珍惜……"云云，至今还朗朗上口。近些年"无厘头"之风盛行，曾见一扇面上题五个大字："还是空调好"，诙谐戏谑，令人莞尔。扇面的趣味有古今之分，材质与工艺亦有贵贱之别，但无论如何，扇出的凉风却是一样的清爽。正如其雅号，"凉友"与"良友"的共性，便是待人不分高低贵贱一视同仁，召之即来，扇之有风，所到之处，天下同此凉热，身清爽，心安宁。

(2016 年 7 月 23 日)

品一瓜清凉

夏天，吃什么？

第一反应是"雪糕冰激凌"的，一看就是生在富裕时代的青年；抢答说"扎啤烤串"的，我敬你是条爽朗的好汉。以中国之历史悠久幅员辽阔，消夏食品当然是各种各样，但如果非要说选一个最具标志性的，我觉得当然是——西瓜。

是啊，长城内外，大江南北，有粽子、豆腐脑的咸甜之争，有集中供暖与江浙沪包邮的待遇之别，但又有哪里的人会在夏天拒绝一个绿油油、圆滚滚、一肚子红色清甜汁水的西瓜呢?虽然拜农业科技发展所赐,大多数水果已经可以不分季节地供应了,但是跟这份清甜多汁最配的终归还是烈日炎炎的夏天。

国人吃西瓜,由来已久。明代科学家徐光启《农政全书》载:"西瓜,种出西域,故之名。"明代李时珍在《本草纲目》也记载:"按胡峤于回纥得瓜种,名曰西瓜。则西瓜自五代时始入中国;今南北皆有。"从这些记录来看,西瓜乃是源于西域并因此得名。而其传入的时间,不仅不晚于明代,而且不晚于南宋,因为在宋人诗文中,已经有了西瓜的踪迹,像范成大有《西瓜园》诗:"碧蔓凌霜卧软沙,年来处处食西瓜。形模濩落淡如水,未可蒲萄苜蓿夸。"董嗣杲的《中伏》诗中也有"淮童少解事,醉拾西瓜擘"的句子。可见,南宋时不仅西瓜已经传入,而且已然不再是宫里的稀罕物,百姓亦可享用。再往后,"留取丹心照汗青"的文天祥,为西瓜题诗曰:"拔出金佩刀,斫破苍玉瓶。千点红樱桃,一团黄水晶。下咽顿除烟火气,入齿便作冰雪声。长安清富说邵平，争如汉朝作公卿。"电视观众耳熟能详的清朝名臣纪晓岚，也曾诗赞西瓜："种出东陵子母瓜，伊州佳种莫相夸。凉争冰雪甜争蜜，消得温暾顾渚茶。"无论是文人雅士还是一朝忠烈，都把西瓜奉为清凉香甜的代名词，几百年如一日地喜爱有加。

即便在庙堂之上，西瓜也能占据一席之地。坊间传闻慈禧太后吃西瓜，单单只吃瓜瓤中间最甜的一处，挖剩下的部分，填进去上等的火腿、鸡丁、杏仁、龙眼等，做成隔水炖的炖品。当然，今人"八卦"这位老佛爷纸醉金迷的生活时，流传的无外乎也就是这种"吃少扔多"的套路，读来有些"皇帝一定用金锄头锄地"的味道。不过这也恰恰说明，纵然天下之大，西瓜却都是一样的西瓜，吃法也总归是那么个吃法，皇帝吃瓜，也与庶民无异。想到这里，也觉得阵阵爽利，暑气消退了几分。

但依我看，真正能把西瓜吃出"感觉"的，还数在江湖之上、市井之中。在水果之中，西瓜算是吃起来仪式感最强的一种了，我去过的一些地方干脆把切西瓜称作"杀西瓜"，乍一听怪吓人的，其实是把切瓜当成宰牲一样了。农业社会的传统里，家里杀点什么是大事，来了亲戚要杀鸡、杀鸭，过年娶亲要杀猪、杀羊，夏夜消暑要杀西瓜，都是举家动员的大事，马虎不得。

"杀西瓜"的整套流程往往从作为一家之主的男主人在子女的欢呼雀跃声中扛回一个大西瓜开始，先是把西瓜放在凉水里"镇"，倘若是有井的地方也不妨直接装桶浸到井水里去，孩子们则隔三差五地跑过去摸摸西瓜凉了没有。晚饭之后，夜风也有些清凉之时，便是"杀"瓜的时辰了，在女主人张罗之下，一家老小齐聚一堂，热热闹闹地看着男主人把冰凉凉、水淋淋的瓜抱上来，在平坦处安放妥当，拿着家里最大号的刀一刀下去，咔嚓一声，瓜应声而裂，红色的汁水和着一股甜丝丝水汪汪的气息便溜了出来。小孩子们一惊一乍继而拍手叫好，老人们笑盈盈地看着活泼的孙子辈，这时切分好的西瓜已经分发到各人手中，很快，吭哧吭哧的吃瓜协奏曲便响起来了，零星的瓜子被吐到摆在地面的搪瓷盆里，发出一连串清脆的响声……西瓜个大，切开后又不耐储，多人一次性分而食之才不浪费，这便给了注重亲情、喜欢热闹的中国人一个举家欢聚的好借口。这样一幅夏日吃瓜图，不分地之南北、时之今昔，都是大同小异，总能拨动不同人的心弦。

时至今日，吃瓜已经不仅仅是一种饮食，更有了文化上的象征。西瓜因其将人聚在一起的特性，慢慢地沾染了市井俗文化的气质。俗，不是粗俗，而是通俗、接地气、有人情味。中国第一部剪纸动画片《猪八戒吃西瓜》，就不能是猪八戒吃苹果或者猪八戒吃荔枝，总觉得差了点意思；今日网络上动辄以"吃瓜"指代"围观"，倘若换成吃葡萄围观或者吃鸭梨围观，也会觉得趣味大跌，联想到炎炎夏日一桌人在老槐树下围坐吃瓜侃大山的场景，倒也觉得颇是贴切。加上价格便宜，很容易就吃个肚比瓜圆，这便是西瓜的秉性——朴实、清爽，没架子。没有"一骑红尘妃子笑"的富贵命，却能"飞入寻常百姓家"，对瓜果而言，这又何尝不是一种极好的归宿呢？

(2016年8月20日)

闻着不香吃着香

"十一"长假,难免吃香喝辣。当然,"喝辣"是个约略的说法,酒才是辣的,而喜欢喝甜喝酸的也大有人在。但如果说"吃香"也是约略的说法,大概会有人不服气了:要吃的当然是香的,不香谁吃呢?

这还真未必。

"十一"出游,去了趟安徽。除了徽州文气和秀美的山水,给我印象深刻的还要数街头巷尾展示叫卖着的、如发霉一般长满了白毛的东西。一问之下,原来不是像发霉长毛了一般,而是确确实实发霉长毛了的——毛豆腐。点了一份,不多时便送来一盘,看起来大概是将毛豆腐过油煎过,再加辣椒红烧勾芡了一下的菜品,然而隔着浓厚的芡汁,还是能闻到一股难以言说的怪异味道;夹一块入口,牙齿咬开豆腐块的一瞬间,先是一股莫名的馊臭味袭来,人还没来得及有什么反应,紧接着又从深处弥漫开豆腐的鲜香味。大嚼几口,芡汁的香辣、豆腐的鲜香和那几分馊臭竟然慢慢融合,互相映衬,让人渐渐品出其中的妙处来。这毛豆腐,闻着不怎么样,吃起来却自有一番风味。

如果说毛豆腐的"臭"还比较内敛,另一道安徽名菜——臭鳜鱼,则臭得更加任性张扬了。看起来只是一条平淡无奇的红烧鳜鱼,端上来时第一次吃的人都免不了眉头耸动、以手掩鼻:这鱼怎么臭了?捏着鼻子夹块鱼肉,但见肉质紧实弹滑、肉色白里透粉,丝毫不像臭鱼烂虾的样子;放胆一尝,那鱼肉在舌尖打了个滚,臭味竟一下子无影无踪,只剩下一点点咸和凝聚了好几倍的鲜。向老板打听方知,这臭鳜鱼并非真是"臭鱼",

而是选用新安江里一年之中最肥美的"桃花鳜",放在浓鲜的肉卤里腌制而成,稍稍脱水的鱼肉锁紧了鲜味,再加上肉卤的鲜香,可真是不好吃也难了。

安徽的这两道风味小吃,其实只是饮食世界"奇葩园"里的区区两朵。实际上,各地的饮食文化中好像都会有那么几种"闻着臭吃着香"的食物。比较有名的当数臭豆腐,如今流传较广的大致有"长沙臭豆腐""绍兴臭豆腐"两大门派。长沙臭豆腐多是四四方方一厚片,色黑且粗粝,望之便给人一种"来者不善"的第一印象,而摊主们往往散"臭"有道,百米开外就能闻到一股猛烈而不祥的臭气。然而我吃到的却远不如闻起来那么夸张,尤其是配上热烈火辣的湖南辣酱,固然香辣痛快,却少了些期待中的"吊诡"之味。绍兴臭豆腐则小块长条、细腻松软,看起来风雅许多,也少了那千里奔袭的臭味。炸好后小小一碟,一副休闲小食的乖巧模样,但第一口下去真的让我嘴里"五味杂陈"了一会儿,说不出的异样味道。连吃两块,不由得放下了筷子,心想真的是无福消受,但缓了一会儿,心里却又开始发痒：好像还能再吃一块？吃了放，放了吃，就又有些欲罢不能了。据说绍兴的臭苋菜梗更"臭"一等，正是腌臭苋菜梗剩下的卤水泡出了绍兴臭豆腐，故而臭苋菜梗堪称"万臭归宗"，外地人还应谨慎尝试。我自忖道行尚浅，未敢挑战。

当然，作为北方人，还是要提一提从小就吃过的北京臭豆腐。这种灰突突、软塌塌、散着异味、带着黏稠汁水的不成形小方块，算是我对"臭食"的启蒙老师，也堪称"童年阴影"。小时候家里的大人总是喜欢把这臭烘烘的玩意儿抹在白馒头上，然后追着怕臭的孩子满屋子跑，兴尽了，就一口吃掉，留下小孩子目睹大人吃"臭泥巴"而目瞪口呆。长大后才慢慢学会品味这臭中的奇香，配上比馒头更耐嚼的窝窝头，越嚼越有味道。这种北派"臭豆腐"属腐乳的一种，对比南派"臭干"从名字上就能看出其形态上的差异。至于那文气十足的别称——"青方"，大概就源于"皇城根下"那份骨子里对高雅的追求了吧。

吃"臭"是不是中国人独特的饮食文化呢？也不是。

放眼寰球,异国他乡的食客们,在"逐臭"的道路上,脚步一点不比国人慢。譬如日本的"纳豆",黏稠拉丝的一"坨"黄豆,特有的气味和难以言说的口感让不少人退避三舍;法国的蓝纹奶酪,羊奶制成再经霉化生成蓝色的霉斑,其浓烈而异样的风味足以令自诩虔诚的"小资"知难而退。而堪称食界"臭王"的则是来自美丽的斯堪的纳维亚半岛的瑞典鲱鱼罐头,北欧国家一向给人以清新干净的印象,却偏偏产出这样一道"臭绝人寰"的菜品。至于鲱鱼罐头的臭味,已经被传得玄乎其玄、几近异闻怪谈,我是没有尝试过,幸而现在网购发达,够胆色的朋友们不难买到,不过建议下单之前先看看"哀鸿遍野"的买家评论区,自己心里好好掂量掂量再做决定也不迟。

为什么我们会创造如此多"闻着臭吃着香"的食物?这里当然可以一本正经地分析,譬如食物紧缺时储藏发酵食物留下的传统云云,但我个人更倾向于一种更浪漫的解释:食物与人,本来就是相辅相成的。有"闻着臭吃着香"的食物,正因为有"闻着臭吃着香"的人。

像"扪虱而谈"的王猛,从卫生状况猜测其人的味道大概不好闻,但却有高论;王安石也是个邋遢鬼,《宋史》说他"衣垢不浣,面垢不洗",身上的气味怕也不比王猛好到哪儿去,却也不妨碍他成为一代名相大家。有人如此,食亦当然。可见以"味"取人、以"味"取食,都是不够妥当的,不然这世界上,不知又要少了多少趣事妙人啊!

(2016 年 10 月 15 日)

等雪来

写这篇文章时,整个北京似乎都正被一种"等雪来"的奇妙气氛所包围。

是天气预报早早吊起了人们的胃口。早上起来,我摸出手机打开微信朋友圈,到处是"下雪了吗""还没下雪""怎么还不下雪"的询问和感叹,从昨晚到今晨,从朝阳到海淀,不同时空的留言却交织成饶有趣味的对话。走出家门,小区里的大爷、大妈,牵着京巴博美狗的,拉着买菜手推车的,见了面也互相招呼着:"今儿下雪,还出门儿啊？"在外吃饭，听到的议论，也都与下雪有关。听着这对话，抬头看见阴沉凝重的天空，低头看见碗里雪白的豆腐脑，觉得这雪恐怕真的要来了。

这是北京今年的初雪。

在我的老家东北，初雪早已光临过。那期待初雪时心里痒痒的感受，对我的老乡们而言已经是过去式。对于北方人来说，冬天的初雪大概就像过年的饺子一样，有着绝对性的象征意义，不吃饺子的除夕不算除夕，没下过雪冬天就未曾开始。所以期待初雪的心情，就跟除夕夜期待那碗饺子一样惴惴而热烈。犹记有一年冬天，北京的初雪迟迟不至，令坊间愁云惨淡，乃至怨声鼎沸，北方人对初雪之情可见一斑。

而对南方人而言，恐怕就无所谓是否"初雪"了，一场雪本身就足以令人雀跃。雪不再是必不可少的时令仪式，而是一笔上天馈赠的"意外之财"。今年年初，广州下了一场雪，据说乃是有气象记录以来广州中心城区的首次降雪。一位旅居广州的同乡告诉我，那一天简直就是举城狂欢，路边到处都是举着手机猛拍的行人。当然，在我这位老乡看来，这场"载入史册的雪"大概也就相当于老家的一场霜降。那场雪后，一张照片火遍了互联网，几个姑娘挤在一起，用手机竞相拍摄一个巴掌高的、在北方人眼里如微雕一般的"精致"雪人，满脸止不住的讶异和幸福。

与广州相比，同属南方的江南的雪，要更加常见一些。当然，所谓常见，和北方还是不能比的，但或许正是这"说多不多，说少不少"的频率，才使得江南人对雪既不会觉得稀松平常，又不会过于大惊小怪，平静之余，才会有更多观赏抒情的雅兴。就像西湖十景之一的"断桥残雪"，倘若是像东北那样半年里都是严严实实的大雪封桥，或者像广州那样一两百年见不到一场雪，恐怕都成就不了今天名扬天下的景致。这种若即若离的距离感，才更能引起人的遐思。

不同地域的雪，反映在文人笔下，也显出不同的趣味。"绿蚁新醅酒，红泥小火炉。晚来天欲雪，能饮一杯无？"雪将至未至，心情安宁而闲适，正适合等待一个朋友，这应是一场江南雪的从容。倘若这是一场塞外雪,"散入珠帘湿罗幕,狐裘不暖锦衾薄。将军角弓不得控,都护铁衣冷难着",冻成这样恐怕也就没有"能饮一杯无"的心情了。动辄为匕首投枪代言的鲁迅,写江南的雪,也忍不住温软了笔端:"那是还在隐约着的青春的消息,是极壮健的处子的皮肤。雪野中有血红的宝珠山茶,白中隐青的单瓣梅花,深黄的磬口的腊梅花;雪下面还有冷绿的杂草。"但笔锋一转写到北方的雪:"在纷飞之后,却永远如粉,如沙,他们决不粘连,撒在屋上,地上,枯草上,就是这样……在晴天之下,旋风忽来,便蓬勃地奋飞,在日光中灿灿地生光,如包藏火焰的大雾,旋转而且升腾,弥漫太空,使太空旋转而且升腾地闪烁。"两相对比,妙趣盎然。

至于我,对南方的雪,所见不多;但家乡的大雪,却是我印象深刻的。且不说所谓狂风暴雪,我更为钟爱的是那"鹅毛大雪"。对于"不幸"未见过鹅毛也没见过大雪的人,恐怕难以想象那样的雪花,大片的,洁白的,丰腴肥厚的,似乎颇有分量,但却有着与体态所不相符的轻盈,虽不四处飘摇、只是直直地沉下去,却下落得很慢、很慢、很慢。这种质感与速度的不协调感，令人仿佛置身于一场天地巨幕的慢镜头之中，对时间的感知模糊了，对空间的感知也消融在充塞视域的一片雪白之中，再加上大雪之中的沉静，所有的感观都被非现实感所俘虏，让人如同遁入了另一个时空。

大雪之后往往是晴好的天气。走出房门，空气如同上好的烈酒般清澈而凛冽。一场雪的魔法过后，时间与空间恢复了秩序，人的感官也重新打开，一时间白亮的天地、嘎吱嘎吱的踩雪声、轻盈地浮在脸上的冷，还有带着铁的甜味的呼吸，从五官七窍呼啦啦地涌进来。郁达夫说："说起了寒郊的散步，实在是江南的冬日，所给予江南居住者的一种特异的恩惠；在北方的冰天雪地里生长的人，是终他的一生，也决不会有享受这一种清福的机会的。"这样讲，我是不同意的，只要耐得住一点点的寒气，北方冰天雪地里的散步，自有极不同的另一番况味。

然而这样的雪，在客居京城的日子里，是可遇而不可求的。眼看日已西沉，今天这雪恐怕是下不成了，心中竟有些怅然。打开窗,却猛地有朔风从窗外暗处迎面扑来,冷不防打了个激灵。空气中,似乎真的有什么开始飘荡了。

(2016 年 11 月 26 日)

文紫啸文章精选

青春的糖果

如今的影视市场,"青春"之风长刮不息。前不久,《最好的我们》火爆网络,广受热议,之后是电影《七月与安生》。

谈到这类影视作品,自然就提到"青春文学"。这是以"80后""90后"为主体创作的一系列青春题材的文学作品。其实这一叫法是否准确一直颇有争议,因为青春世人皆有,古今皆具,单将这代人的青春书写冠名为"青春文学",未免略有偏颇。但是约定俗成的称呼流行已久，以至于我们谈到"青春文学"时，脑中总会浮现出特定的模样：一个个生活于现代社会，充满朝气却又萦满迷茫的年轻生命，一段段看似平静幸福生活下关乎友情、亲情、爱情的情感撕扯与成长裂痛，执着于个体精致情绪的书写，视角青涩却充满锐气。用一句代表性的话来概括，这里的"青春是一道明媚的忧伤"。

打捞旧有时光的点点星辉，梳览青春年少的成长记忆，是文学大家多有的喜好。鲁迅先生的《朝花夕拾》便是现代文学中关于青春的典范美文。《从百草园到三味书屋》里对童趣童心的把握和刻画，对私塾课堂的生动记录，今人读之也会动容不已。据说现在百草园因文成景，成了知名景区，许多游客特意到"高大的皂荚树""碧绿的菜畦"旁边留影，为这篇小时候读到的文章做一次现实的标注。找寻鲁迅先生童趣影子的同时，也在追寻我们自己的青春记忆。

20世纪七八十年代，以知识青年成长为故事蓝本的"知青文学"风行于世。《我的遥远的清平湾》《这是一片神奇的土地》《今夜有暴风雪》……这些名噪一时的文学作品成为"上山下乡"知识青年改造浪潮的缩影与记刻,有苦涩,有欢乐,有怀念。读到那些充满热泪与回味的文字,总会让人对那个时代的青年岁月产生深沉的反思,对比中更有着对当下幸福安稳生活的热爱与珍惜。

如今的"青春文学"没有前辈作家那么宏远的历史背景,也没有那么深刻的社会反思,但有着这代人的独特味道。校园是这一代人青春成长的小世界,这里有师友的同道与陪伴,也有成长的烦恼与纠结,虽比不上广袤现实土地、乡土历练那般动人深刻,但这个小世界里的所思所遇也有着无法替代的生命价值和成长印记。紧张的高考备战,懵懂的情感萌芽,追星时的激动兴奋,熟悉的旋律和书籍……这些经历过的场景与爱恨情仇的青春故事碰撞结合,自会激荡起一代人的情感波澜,而对青春的回味与珍视也在这一刻铺散开来。

"青春文学"的语言诗性华丽,配上丝丝凝神的忧伤,在慵懒的午后或静美的闲暇时光品读一番,确有一种美的享受。当初我成为这类文学的拥趸，也是被动人而传神的文字所吸引——"风吹起如花般破碎的流年，而你的笑容摇晃摇晃，成为我命途中最美的点缀，看天，看雪，看季节深深的暗影""就让我们继续与生命的慷慨与繁华相爱；即使岁月以刻薄与荒芜相欺"。读罢这些文字，真是心也变软，情也变柔，心灵也随之安放起来。近年来微信朋友圈的流行带动了心灵鸡汤的盛行，很多人对那种温暖的文字和抒情的风格崇拜不已，殊不知这无形中传袭的便是早年"青春文学"的风格。这标志化的文风成为"文青"争相学习效仿的对象，俨然一道文学圈的时尚新象。

很多人说"青春文学"没什么营养，看来看去也就是图个乐或者掉几滴眼泪。的确，"青春文学"有点像甜点，未必像严肃文学包裹那么多营养，但却能丰富我们生活的味蕾，让我们感受不同的酸甜，能够让我们在忙碌疲惫的生活之余，感受到休闲和放松。若是能引发一点思考，带来一点沉静的回忆，那便是额外的"口福"。而事实上,我们的生活中需要营养的大餐,也需要这种能够点缀生活的甜点零食,这会让我们的生活变得更为多滋多味。

当然,我们每个人终将成长,甜点偶尔食之尚可,但要想强健心智,还是要多汲取具有思想性和知识性的作品来充实自我。小时候可能爱吃零食,不爱吃饭菜,这也是天性的使然。但随着长大,我们自己就会放弃对糖果零食的依赖,也会理性地认识到饭菜的营养与价值。对于"青春文学"和传统严肃文学的选择,也是同理。

青年作家张悦然说:"晚熟也总会成熟,迟一些出发也终将抵达。"或许青年文学的起点是稚嫩和青涩的,但是它会有成熟的方向,也有存在的价值。尽管它现在仍多扮演糖果的角色,但当这代作家日趋成熟,有了更多生命体验和感悟,"青春文学"也会变成有营养、有品位、有色相的大菜。当糖果的甜变成主菜的香,"青春文学"的质变也将完成,我们有理由期待,当然,也不排斥现在。

(2016 年 10 月 26 日)

弈局的味道

"来,咱们杀一盘吧!"

身处异地工作生活,久未归家。回家见到父亲,吃过饭后,这是父亲和我说的第一句话。

什么叫"杀一盘"呢?或许有的人看到这句话不甚理解。但是对于一个象棋爱好者来说,这无疑是最为直接通俗的"宣战号角"。

父亲是一个象棋迷。作为儿子,我从小便接触了象棋,学习了象棋。父亲是我的象棋开蒙者,而我,是父亲迄今最久的对局人。这尺寸方盘里的无穷世界，是我童年初识思维乐趣的地方，象棋也成为我孩童时难以割舍的玩具。

象棋，或者严格说，中国象棋（文中统称象棋），是中华文明先人智慧在文娱领域的重要结晶。关于象棋滥觞于何时，至今仍无定论，不过早在战国时期，已有"象棋"的称谓。《楚辞·招魂》中记载："蓖蔽象棋，有六簿些；分曹并进，遒相迫些；成枭而牟，呼五白些。"此时的象棋是博戏的一种，各方六子，双方以逼迫进攻之势对垒，虽形制与现代象棋迥异，但亦是萌芽的初始。南北朝《象经》出现，标明"象戏"得到了新的传播发展，及至唐代，从牛僧孺《玄怪录》中"岑顺梦棋"的故事可知，"象戏"已出现"马""车""将"等棋子，与现代象棋很接近。宋明时期，象棋的棋子数量增多，游戏规则日趋完善，《梦入神机》《橘中秘》等关于象棋的著作也日益丰富，象棋在民间的传播和参与度明显增加。而清代王再越所著的《梅花谱》无疑是象棋博弈技艺的一部里程碑式的著作，尤其是对"屏风马"

的实战展示和推动，对象棋战法的丰富和布局的拓展有着深远的影响。

象棋是军事活动的衍生品，是战争艺术的娱乐演变。与围棋纯粹的黑白子、纹枰格不同，象棋的棋子都是行伍里官衔与战具的名称，有着鲜明的军事色彩，尤其是"炮"的出现，伴随的便是宋代火器在战场上的应用。而棋盘中的楚河、汉界，更是将棋盘的对弈置于宏阔的"楚汉相争"的历史背景中，两军对峙，剑拔弩张，未行一子便已是"杀气腾腾"了。

象棋与围棋是中国棋类的双子明珠，然而这两种棋却有着不同的气质与味道。谈起围棋，总会自然浮起青烟袅袅、白衣羽扇、庐中对坐、气定手谈的画面，"烂柯""坐隐"等风雅脱俗的别称也为这种棋平添了不少超凡气韵。而象棋则更有无拘无碍的包容性和生活感，对弈的环境可以在街边路摊、凉亭石板，也可以在林荫下、高阁楼台。它可以在清雅安静中实现"你来我往"，也可以在市井邻里的喧哗热闹中普罗开展。它有着更多的烟火气，更多的乡土味，也更容易融进人们的茶余饭后和琐碎的平凡中。仲夏宁夜,在路边桥下看两位老伯设局对弈,与围观者窃议谋划,观赏棋局,自是一种闲适的消遣,也在这观棋、弈棋的乐趣中消散了一天的燠热与疲惫。

象棋构筑了一方外表平静但内里战火汹涌的智慧疆域,得以让人沉浸于自我世界的安乐,暂避现实的俗愁烦扰,这一点在阿城的小说《棋王》里得到了淋漓尽致的展现。主角王一生是一个"棋呆子",一生唯重吃与下棋。能吃饱,有棋下,他就已经心满意足了。"上山下乡"、举国"大串联"的火热革命浪潮没有扰乱他内心的静修与安宁,不为外界所裹挟,不为俗尘所惊扰。在这里,象棋成为超越现实、宁静自持的精神桃花源,成为波涛汹涌的世事风云中自适静好的心灵避风港。小说的高潮是王一生与九人车轮战,"孤身一人坐在大屋子中央,瞪眼看着我们,双手支在膝上,铁铸一个细树桩,似无所见,似无所闻。高高的一盏电灯,暗暗地照在他脸上,眼睛深陷进去,黑黑的似俯视大千世界,茫茫宇宙"。这段妙笔实在将王一生的王者风范与强大气场勾画得精彩至极。"似无所见，似无所闻"，这种空心寥廓、心如止水的入定于今时读起依旧是难以企及的心境。借助象棋，我们感受到久违的宁静致远，不争不躁的道家古风，而所谓棋王，不仅是对精湛棋艺的认可，更是对这种豁达超然心境的叹服与欣赏。

　　弈棋拼的是心智，但棋盘外蕴藉的却又是诸多的人生哲理。"下一步，观三步"：落子前筹划周全，预判大势，目光长远，恰是我们现实中为人行事的至要法门。落子无悔，观棋不语：这份笃实诚信、洁身敬人的棋品也是锤炼人品的妙谛箴言。过河的卒子不回头：义无反顾中有着拼搏向前、视死如归的浩然骨气，一如战场中的士卒，甘死尽忠，只知一往无前，绝不苟且撤让。而过河后，卒可前行或左右旁移：灵活虽不敌"车""马"，但潜力巨大，尤其进入残局，能量更为惊人。"七星聚会""蚯蚓降龙"等知名排局：卒都起到了充分牵制压制的作用，甚至直有逼宫降帅之势。看似不起眼的小卒在过河后稳扎稳打，蓄力前行，发挥了令人刮目相看的作用，而这，不也是我们所常谈的"草根逆袭"的生动写照吗？

方寸棋盘，三十二子，切磋中尽显思维之乐，但收获的却不仅仅是游戏的快感。有一棋逢对手的亲人挚友，有酣战数局的闲暇时光，有着能沉潜其中的自由心境，无论战绩如何，想必也算是幸福快活的"人生赢家"了。

（2016 年 11 月 12 日）

冬日里的糖葫芦

冬至将至,北京冬天的味道已经越发浓郁。吐一口哈气,气雾的轮廓逐渐清晰可见,夜晚的冷风催促人们归家的脚步再快一些,衣领再高一些。进入室内,已需用纸巾擦一擦眼镜,方才看得清亲人好友、身边同事。这夹杂在温热呼吸中的阵阵凉意,是冬天最直接的味道。

然而对于一个出生于北方的人来说,冬天的味道远不止于这空气的寒凉。冬天,往往是我等"吃货"们的幸福日，因为许多食物与冬日是极佳的搭配，是最应景儿的美味，换句话讲，只有在冬日，吃这些美食才能品出最地道的滋味。

比如冰糖葫芦。

冰糖葫芦，天津人叫糖墩儿，青岛人叫糖球，是北方人尤爱的一种冬日小食。一根竹签，叠罗汉般串起颗颗被冰糖包裹的果实，冰糖遇冷变成晶莹剔透的外壳，在暖阳的照耀下，将果实的鲜艳欲滴斑斓地映照出来，煞是醒目诱人。那种脆甜冰凉、果味芬芳的口感，更是令人欲罢不能，恨不得马上掏出腰包，大饱口福。

在一些人的印象中，提及冰糖葫芦，总会自然想到山楂冰糖葫芦，甚至认为冰糖葫芦就是山楂味的，实则谬矣。早在宋代，《燕京岁时记》就有关于冰糖葫芦制作技法的记载："冰糖葫芦，乃用竹签，贯以山里红、海棠果、葡萄、麻山药、核桃仁、豆沙等，蘸以冰糖，甜脆而凉。"这么丰富的"素材"，说明冰糖葫芦本就是用冰糖将果实串食的一种技法，里面的"内容"自古便是因人而异，种类繁多。只不过，在我国的北方，以山楂为原料的冰糖葫芦最为普遍，也最为人所熟识，不仅是山楂在北方更容易种植购得，取材方便，同时山楂具有消食化积、破气散淤、清热等功效，适合冬日饭后食用。山楂的鲜酸配上冰糖的凉甜，乃是一种绝妙的味蕾享受，红彤彤的颜色在新春佳节之际也显得格外红火喜庆。

冰糖葫芦是一种平民文化的代表，它价格低廉，老少咸宜，脆甜可口，叫卖在戏楼公园，贩售于街头巷尾。对于北方人来说，冰糖葫芦像是冬日的一抹清新的别趣，是孩童放学归家时甜蜜的"伴侣"。梁实秋说："夏天喝酸梅汤，冬天吃糖葫芦，在北平是不分阶级人人都能享受的事。"虽说《前门情思大碗茶》中唱道"吃一串儿冰糖葫芦就算过节"，那个年代物资匮乏，吃一串糖葫芦和吃一顿饺子都是不太经常的事，但毕竟，这还是老北京人过得起的节。

提到北平的糖葫芦，就不得不提到梁实秋先生在《雅舍谈吃》中关于糖葫芦的记述。《雅舍谈吃》是梁实秋客居台湾时所作的一部有关美食饕餮的散文集，里面流淌着这位老北京人对北京美食的诸般回味。在《酸梅汤与糖葫芦》一文中，他详细记述了北平糖葫芦的种类和特质，我们现今熟识的冰糖葫芦其实只是其中的一种。"北平糖葫芦分三种。一种用麦芽糖，北平话是糖稀，可以做大串山里红的糖葫芦，可以长达五尺多，这种大糖葫芦，新年厂甸卖的最多。麦芽糖裹水杏儿（没长大的绿杏），很好吃，做糖葫芦就不见佳，尤其是山里红常是烂的或是带虫子屎。另一种用白糖和了粘上去，冷了之后白汪汪的一层霜，另有风味。正宗是冰糖葫芦，薄薄一层糖，透明雪亮。材料种类甚多，诸如海棠、山药、山药豆、杏干、葡萄、橘子、荸荠、核桃，但是以山里红为正宗。"

冰糖葫芦被列为正宗，想必是梁先生经过品鉴之后得出的肺腑之言。口味上佳，没有烂和虫，脆甜雪亮，这是梁实秋心目中糖葫芦该有的样子吧。而其中老字号信远斋的糖葫芦最得梁先生的欢心，"……以信远斋所制为最精，不用竹签，每一颗山里红或海棠均单个独立，所用之果皆硕大无疵，而且干净，放在垫了油纸的纸盒中由客携去"。

当初我读到这段文字时颇为讶异，没有竹签串起的糖葫芦还算是糖葫芦吗？就好比肉串没有了铁签，西餐没有了餐巾，少了应有的配套物件，总觉得差了一些味道。或许，梁实秋更重视糖葫芦的口味和品相，对那种"形式感"并不很在意。但无论怎样，对冰糖葫芦的深切而细致的回忆，总是能让人品读出作者轻松雅趣的食谈背后，对旧有岁月和青葱过往的点滴感怀与顾念之意。

这一点在他文中的尾段自然流露出来："离开北平就没吃过糖葫芦，实在想念。"这似乎是一种伤感的叹息。糖葫芦，"在北平这种不属于任何一个阶级的食物"，原先熟识常见的小吃，居然成了口福的"绝响"。在这里，糖葫芦成了某种故乡的象征，跨过遥遥一水间，童年的甜蜜滋味，北平冬日的清平风景，老北京茶余饭后的自适消遣，都浓缩在一串糖葫芦里。虽友人劝说"在台湾自己家里也未尝不可试做"，但没有了北平冬日的霜冷寒气，没有了熟稔的街坊邻里，没有了亲切的故乡环境，即使用心有力做出来，可能还比不上曾经路摊边买到的那般地道纯正，遑论心心念念的信远斋了。"实在想念"，怕不仅仅是对糖葫芦本身的想念吧。

"糖葫芦好看它竹签儿穿，象征幸福和团圆。把幸福和团圆连成串，没有愁来没有烦。"一首《冰糖葫芦》，用通俗易懂的歌词，道出了糖葫芦象征的美好寓意，而团圆、幸福、无忧无虑，不也正是平民家庭最朴实最真实的愿景吗？一串普通的糖葫芦，或许本就被赋予了超越食物本身的意义，它承载着普通百姓的质朴理想，也可能是离家的游子一张通往故乡、驶向过往的旧船票。

（2016 年 12 月 17 日）

精品栏目荟萃

《副刊面面观》（李辉　编）

《心香一瓣》（虞金星　编）

《纽约客闲话精选集　一》（刘倩　编）

《多味斋》（周舒艺　编）

《文艺地图之一城风月向来人》（孙小宁　编）

《书评面面观》（李辉　编）

《上海的时光容器》（伍斌　编）

《谈艺录》（刘炜茗　编）

《问学录》（刘炜茗　编）

《名人之后》（沈秀红　编）

《纽约客闲话精选集　二》（刘倩　编）

《编辑丛谈》（董小酷　编）

《本命年笔谈》（严建平　编）

《国宝华光》（徐红梅　吴艳丽　编）

《半日闲谭》（董宏君　编）

《云泥鸿爪一枝痕》（王勉　编）

个人作品精选

《踏歌行》（陈娉舒）

《家园与乡愁》（李汉荣）

《我画文人肖像》（罗雪村）

《茶事一年间》（何频）

《好在共一城风雨》（胡洪侠）

《从第一槌开始》（剑武）

《碰上的缘分》（王渝）

《抓在手里的阳光》（刘荒田）

《阿Q正传》（鲁迅）

《风吹书香》（冻凤秋）

《书犹如此》（姚峥华）

《泥手赠来》（黄德海）

《住在凉山上》（何万敏）

《老解观象》（解玺璋）

《犄角旮旯天津卫》（林希）

《歌剧幕后的故事》（薛维）

《色香味居梦影录》（姜威）

《走读生》（李福莹）

《回家》（朱永新）

《武艺十八般》（萧乾）

《一味斋书话》（熊光楷）

《收藏是一种记忆》（剑武）